WASSERFÄLLE

RHEIN-MAIN-MORD

Dostojewskis Erben

WASSERFÄLLE

Belinda Vogt, Thorsten Weiß (Hrsg.)

Bibliografische Informationen der Deutschen Nationalbibliothek: Die Deutsche Nationalbibliothek verzeichnet diese Publikation in der Deutschen Nationalbibliografie; detaillierte bibliografische Daten sind im Internet über http://dnb.dnb.de abrufbar.

© 2022 Belinda Vogt, Thorsten Weiß
Lektorat:
Susanne Kronenberg, Belinda Vogt, Thorsten Weiß
Gestaltung: Susanne Kronenberg
Umschlag: © Caroline Schnabel unter Verwendung eines Fotos von Canva

© Alle Rechte liegen bei den Autorinnen und Autoren ihrer jeweiligen Kurzgeschichten.

Herstellung und Verlag:
BoD - Books on Demand, Norderstedt
ISBN 9783756276615

Personen und Handlungen sind frei erfunden.
Ähnlichkeiten mit lebenden oder toten Personen sind rein zufällig und nicht beabsichtigt.

VORWORT

Volksfeststimmung wie vor knapp 60 Jahren mit Würstchenbuden und Glühweinständen auf dem zugefrorenen Rhein. So lebhaft und fröhlich wünschen sich Dostojewskis Erben auch das literarische Leben. Mit Krimi-Spektakeln, Roulette-Lesungen und Literatur-Festivals, auf denen von der Bestsellerautorin bis zum Lokalmatadoren jede und jeder sein Publikum findet. Wo ein zugewandtes Publikum lustvoll die Vielfalt der hiesigen Autor:innenlandschaft erkundet und selbst die Kolleg:innen von der »Ebsch Seit« aus Mainz freundliche Aufnahme finden.

Doch so wie einst der Rhein, gefror das literarische Leben über Nacht. Corona-Lockdown mit abgesagten Lesungen, verschobenen Buchprojekten und Autor:innen ohne Perspektive. Das Gegenteil von Volksfeststimmung. Intern hielten wir uns mit Outdoor-Sommertreffen am Fluss über Wasser. Doch es war uns wichtig, auch nach außen zu zeigen: Dostojewskis Erben sind von der Flut der Viren nicht davongespült worden. Stattdessen entstand die Idee einer gemeinsamen Anthologie. Mit dem übergreifenden Thema »Wasser«, denn Wasser bedeutet Leben, in unserem Fall literarisches Leben. Auch wenn es sich in den 29 Geschichten dieses Buches oft als tödliches Element erweist.

Allen alten und neuen Freund:innen von Dostojewskis Erben wünschen wir eine spannende, oft auch heitere, aber auf jeden Fall kurzweilige Lektüre.

Belinda Vogt & Thorsten Weiß

Inhaltsverzeichnis

Am Rhein

Die mit der Zeit gehen
von Karsten Eichner — 12

Totgeschwiegen bei Rheinkilometer 530
von Leila Emami — 17

Die Stille am rettenden Ufer
von Jürgen Heimbach — 21

Liebestraum
von Ulrike Keding — 30

Die Dinosaurier dürfen nicht an Bord
von Richard Lifka — 36

Kopfsache
von Alexander Pfeiffer — 40

Kommissar Krüger ermittelt
Tiefe Wasser
von Anaïd Rahim — 44

Kommissar Krüger ermittelt
Der goldene Tukan
von Anaïd Rahim — 49

Am Main

Main allein
von Oliver Baier — 56

Die Macht der Angst
von Susanne Kronenberg — 60

EIN STILLER TOD
 von Thorsten Weiß 64

AM FLUSS
DIE RUHESTÖRUNG
 von Arri Dillinger 70

WILDWEIBCHENS LEY
 von Ute Schusterreiter 75

AM BACH
KURZE ABHANDLUNG ÜBER DEN FISCHBESTAND IM RENATURIERTEN KLINGENBACH ZU WIESBADEN-BRECKENHEIM
 von Nellie Elliot 80

DER SPAZIERGANG
 von Franziska Franke 82

DAS BRUNI-COLLIER
 von Martin Franz 87

QUELLENSTEUER
 von Stefanie Tettenborn 92

SCHWARZER PETER
 von Fenna Williams 97

AM TEICH
ES GESCHAH 1931
 von Bernd Köstering 102

PETRI HEIL
 von Susanne Kronenberg 106

GLITZERN IM SONNENLICHT
  von Marga Rodmann   *112*

VERDÄCHTIGE WARE
  von Petra Spielberg   *116*

DIE WÜRDE DES MENSCHEN
  von Thorsten Weiß   *121*

AM SEE
FENSTER ZUM SEE
  von Oliver Baier   *126*

ES GESCHAH 1982
  von Bernd Köstering   *130*

ZURÜCK AUF LOS
  von Peter Luyendyk   *134*

AUF ABWEGEN
  von Petra Spielberg   *138*

BLUTROTE KLIPPEN
  von Dietmar Thate   *143*

TRAUMSTRAND
  von Belinda Vogt   *147*

DIE AUTORINNEN UND AUTOREN   *151*

ÜBER DOSTOJEWSKIS ERBEN   *159*

AM RHEIN

DIE MIT DER ZEIT GEHEN

von Karsten Eichner

»Basta!« Krachend schlug die Faust von Don Alfredo auf die weiße Tischdecke, sodass die Rotweingläser im Hinterzimmer der Pizzeria »Isola di Capri« wackelten. »*Finito* mit den Verhandlungen. Jetzt reicht es mir. Ein für alle Mal. Diese Türken-Mafia wird jeden Tag frecher. Wir müssen endlich *tabula rasa* machen und die Bande im Hafen versenken, bevor die uns alle zu Döner verarbeiten.«

»Aber Don Alfredo!« Guido, der Consigliere des Kulturvereins »Amici del Porto«, der »Freunde des Hafens«, hob beschwichtigend die Hände, während die drei anderen Vorstandsmitglieder betreten auf den Boden starrten. »Wir müssen mit der Zeit gehen. Vielleicht wäre es wirklich der geeignete Moment, unsere Pizzeria mit Gewinn an den ›Freundschaftsverein Bodrum-Schierstein‹ zu verkaufen und in andere Geschäftsfelder zu investieren. Zum Beispiel in diese moderne große Hanf-Plantage hinter Taunusstein ...«

»Basta!« Noch erregter als zuvor schlug Don Alfredo mit der Faust auf den Tisch. »Damit die hier in unserer Pizzeria eine Shisha-Bar aufmachen, direkt neben ihrer stinkenden Dönerbude? Nein! Niemals verkaufe ich denen unser schönes ›Capri‹. Nicht, solange ich der Capo der ›Amici del Porto‹ bin. Wir haben die beste Pizza von Wiesbaden! 1A Bestlage am Schiersteiner Hafen, Terrasse mit direktem Zugang zur Promenade und zum Rhein! Jeden Abend die Schickeria aus dem halben Rhein-Main-Gebiet zu Gast. Und jede Woche ein Motorboot aus Holland mit dem besten Kokain aus Amsterdam, direkt vor die Haustür. Eine Goldgrube! Ha, und das willst du alles aufgeben? Nur wegen der frechen Konkurrenz? *Pura follia*!«

»Don Alfredo, regen Sie sich nicht auf, denken Sie an Ihr schwaches Herz. Ich habe es doch nicht so gemeint, es war nur so eine spontane Idee.« Guido winkte Carlo, dem Oberkellner. »Noch eine Flasche Barolo, *velocemente*.« Carlo verschwand lautlos und beeilte sich, das Gewünschte herbeizuschaffen.

Don Alfredo war mittlerweile kraftlos in seinen Bastsessel zurückgesunken.

Melancholisch schaute er durch die Scheiben des Hinterzimmers, die einen Panoramablick auf die spiegelnde Wasserfläche des Schiersteiner Hafens boten. Sein Lokal befand sich in der Tat in einer 1A Lage, einer der schönsten in Wiesbaden. Und einer der lukrativsten. Don Alfredo musste unwillkürlich lächeln, wenn er an die Entwicklung in den letzten 50 Jahren dachte. Als kleiner Pizzabäcker hatte er damals angefangen. Und mittlerweile war er zum mächtigen *Capo* aufgestiegen, vor dessen Macht viele Lokalpolitiker zitterten – und auch allen Grund dazu hatten.

So lange, bis die türkische Konkurrenz ins Geschäft eingestiegen war. Rasch und rascher hatte der »Freundschaftsverein Bodrum-Schierstein« in der Landeshauptstadt Fuß gefasst, schließlich sogar seinen Döner-Imbiss direkt neben die Pizzeria »Isola di Capri« gesetzt.

Don Alfredo seufzte dramatisch. »Was haben wir nicht alles für den Stadtteil hier getan?«, fragte er in die Runde und nahm einen Schluck Barolo, den Carlo ihm mittlerweile kredenzt hatte. »Am Hafenfest jeden

Sommer kostenlose *gelati* für die *bambini* spendiert. Familienpizza für alle. Und eine Kiste *Brunello di Montalcino* pro Monat für den Oberbürgermeister, natürlich frei Haus.«

Die Umsitzenden lächelten wissend.

»Und was machen diese Leute aus Bodrum?«, knurrte Don Alfredo und verschüttete vor Aufregung ein wenig von dem kostbaren Barolo auf die weiße Tischdecke. »Kostenlose Döner to go für alle. Freie Shisha-Abende für die Jugend. Gratis-Testfahrten im tiefergelegten AMG-Mercedes über die A66. Und für den Oberbürgermeister zwei Kisten türkischen Süßwein und zwei Flaschen Raki pro Monat. Ich könnte weinen ...«

»Nicht aufregen, Don Alfredo«, beschwichtigte ihn der Consigliere. »Ihr dürft Euch über diese Emporkömmlinge nicht ärgern.«

»Ich habe mich schon genug aufgeregt«, blaffte Don Alfredo. »Viel zu lange. Ich weiß nur eine Lösung. Wir machen sie alle kalt, die ganze Bande. Und versenken sie im Schiersteiner Hafen, wie üblich. Der gute alte Betonklotz an den Füßen.«

»Aber da gibt es ein kleines Problem«, wandte der Consigliere ein und starrte betrübt in sein Weinglas.

»Problem? Was für ein Problem denn?« Don Alfredo genehmigte sich einen weiteren großen Schluck. Er fühlte sich auf einmal furchtbar müde.

»Es ist so«, stotterte Guido. »Wir haben praktisch keine freien Plätze mehr im Hafen. In den letzten Jahren mussten wir so viele Feinde der ›Amici del Porto‹ dort beseitigen, jetzt ist alles belegt.«

»Und was ist mit der Hafeneinfahrt?« Don Alfredo winkte Carlo herbei, der flugs eine weitere Flasche

Barolo brachte. Er schenkte elegant nach, bevor er sich diskret zurückzog.

»Hm, die Strömung ist dort recht stark, aber es könnte gehen«, sinnierte Guido und gähnte herzzerreißend, hielt sich dabei aber wenigstens die Hand vor den Mund. »Doppelte Betongewichte an den Füßen, das sollte für eine Weile halten. Aber es gibt leider noch ein weiteres Problem ...«

Don Alfredo traten fast die Augen aus den Höhlen, und er fasste sich theatralisch mit beiden Händen an den Kopf, der eine entfernte Ähnlichkeit mit Marlon Brando aufwies. Ihn schwindelte, als Guido fortfuhr: »Der ›Freundschaftsverein Bodrum-Schierstein‹ will angeblich eine Viertelmillion Euro spenden, um den Hafen ausbaggern zu lassen. Das giftige Schwermetall im Schlamm hat uns bekanntlich bisher vor allen Nachforschungen bewahrt. Keiner hat seit Jahrzehnten gewagt, da zu baggern. Aber wenn die erst einmal anfangen, im Grund zu wühlen, und unsere ganzen Leichen dabei ans Tageslicht kommen ...«

»Basta«, rief Don Alfredo erneut, doch nun mit merklich belegter Stimme. »Das müssen wir verhindern, *prestissimo*.« Mit waidwunden Augen sah er in die Runde – und blickte auf einmal in schlafende Gesichter. Der gesamte Vorstand der »Amici del Porto« war wie auf Kommando friedlich eingenickt. Selbst Guido war urplötzlich nach hinten gesunken und schnarchte röchelnd.

»Was um alles in der Welt ...?«, fragte Don Alfredo, doch weiter kam er nicht – schon kippte er bewusstlos vornüber auf den Tisch. Carlo, der leise wieder eingetreten war, fing elegant die halb leer getrunkene Flasche auf, eilte damit in die Küche und goss den Rest des Barolo mitsamt dem verräterischen Schlafmittel in die Spüle.

Die Zeit der »Amici del Porto« neigte sich unweigerlich dem Ende zu. Schon bald würden sie sich alle am Ufergrund der Hafeneinfahrt befinden, mit reichlich türkischem Beton an den Füßen. Baggern würde an der Stelle garantiert niemand. Und hier, in der bisherigen Pizzeria »Isola di Capri«, würden demnächst die Shisha-Pfeifen blubbern, ganz wie an der Hafenpromenade von Bodrum. Er, Carlo, wäre dann Geschäftsführer dieser neuen Goldgrube, kein einfacher Oberkellner mehr. So jedenfalls hatte es ihm Cem, sein Freund seit Grundschultagen an der Schiersteiner Hafenschule, fest versprochen. Zufrieden griff er in die Seitentasche seiner weißen Jacke und fingerte nach dem dicken Geldscheinbündel mit Euros, Dollars und türkischer Lira, das sich seit kurzem darin befand. Es war ein gutes Gefühl.

Guido hat irgendwie schon Recht gehabt, dachte Carlo lächelnd, und ein böses Wortspiel kam ihm in den Sinn: »Wer nicht mit der Zeit geht, geht mit der Zeit.«

TOTGESCHWIEGEN BEI RHEINKILOMETER 530
von Leila Emami

Nicht einmal fünf Sekunden dauert Hollys Handy-Video. Ihr kindliches Gesicht im Schein einer Taschenlampe: kajalschwarze Tränenstreifen auf weichen Wangen, bebend ungeschminkte Lippen. Schaukelnd im Hintergrund: Lichter einer Stadt, eine hell angestrahlte Kirche in der Nacht.

Hollys abertausende Follower von New York über Frankfurt, Moskau bis nach Seoul schauen ratlos auf ihre Bildschirme: Wo ist sie?

Die Handykamera verrutscht in ihrer Hand: Wellen, Wasser, gelber Leib eines Schlauchbootes.

Was soll das? Sie haben sie wie gewohnt angeklickt, um ihr zuzuschauen, wie sie sich auf ihrem Bett räkelt, wie sie mädchenhaft spricht, aber dennoch gekonnt die Sehnsüchte ihrer Beobachter befriedigt. Macht sie jetzt einen auf Psycho-Porn, oder wie?

Die Kamera führt Holly nun nah an ihr Gesicht. Ihre goldige Stimme: panisch, ihre Worte kaum zu verstehen, ein vorbeidonnernder Zug ... »Hel ... l ... ca ... no ...« Holly hebt das Handy an ihre Lippen ... plötzlich ein gleißendes, alles überstrahlendes Licht ... dann wird es schwarz und still.

Pauls Herz rast. Holly! Sie ist ganz in seiner Nähe. Die beleuchtete Kirche im Hintergrund ist eindeutig die Rochuskapelle in Bingen am Rhein, die er in diesem Augenblick aus seinem Schlafzimmerfenster sieht. Soll das ein Witz sein? Seit zwei Jahren folgt er Holly auf dieser Porno-Plattform, hat noch nie ein Video von ihr verpasst, dachte aber immer, sie säße irgendwo weit weg, auf irgendeiner Insel vor ihrer Webcam. Nein, eigentlich dachte er nicht, er *wollte*, dass sie kein reales Mädchen ist, sondern eine wie Lara Croft, Prinzessin Leia oder Alice im Wunderland. Paul steht auf, schenkt sich einen Whisky ein. Nun ist sie plötzlich in seinem Leben aufgetaucht. Als Selbstmörderin auf dem Rhein? Ernsthaft? Sicher war das nur eine Inszenierung. Genauso wie sie so tut, als sei sie ein Teenager, der nie älter wird. Aber natürlich ist sie eine erwachsene Frau, die weiß, wie man viel Kohle mit den Leidenschaften seiner Schaulustigen macht. Oder ist sie vielleicht doch noch ein Teenie? Gar ein Kind? Paul leert sein Glas auf ex.

Da klingelt sein Handy.

Eine Stunde später steht Paul am Rheinufer. Der Notruf eines holländischen Frachtschiffers ist eingegangen. Der Kapitän gibt an, in seinem Scheinwerferlicht dicht vor dem Bug ein Schlauchboot mit einer Person auf dem Rhein gesichtet zu haben. Höhe Rochuskapelle bei Rheinkilometer 530. Er befürchte, sie überfahren zu haben. Ist völlig aufgelöst.

Einsatzkräfte suchen bis in die Morgenstunden: keine Spur, nirgends. Wahrscheinlich war da gar nichts ... ein Trugbild. Außer dem Frachter-Kapitän hat niemand etwas gesehen, es sind weder Vermisstenanzeigen noch Zeugenaussagen eingegangen.

Paul, der frischgebackene Kommissar, schaut zu – und schweigt. Es will ihm einfach nicht über die Lippen, was er am Abend auf seinem Bildschirm gesehen hat. Noch nicht. Erst will er herausfinden, wer Holly ist. Oder war?

Er eilt nach Hause, loggt sich gleich auf der Plattform ein, klickt und klickt, scrollt und sucht. Hollys Videos sind alle verschwunden, sogar in den Suchmaschinen. Auch die drei Videos, für die er extra bezahlt und die er auf seine Festplatte heruntergeladen hat, sind weg. Da hat sich doch jemand Zugriff auf seinen Rechner verschafft! Er schnappt sein Handy, wählt eilends die Nummer seines Kollegen aus der IT-Forensik. Nach dem ersten Freizeichen unterbricht er die Verbindung. Was, wenn Holly wirklich noch minderjährig ist? Dann würde er sich mit der Untersuchung seines Laptops selbst ausliefern, und das zu Beginn seiner Karriere.

Am nächsten, übernächsten Tag immer noch keine Spur, keine Vermisstenanzeige, keine Nachricht von einer im Rhein ertrunkenen Person oder eines führerlosen Bootes. Auch wird das Vorkommnis bei den Kollegen – männlich oder weiblich – mit keinem Wort erwähnt. Drängendere Aufgaben türmen sich auf den Schreibtischen. Oder aber, so denkt Paul, es treiben sich einige der Kollegen auch auf dieser Plattform herum und schweigen.

Wochen, Monate, Jahre vergehen.

Die Erinnerung an Holly verblasst und verschwindet ganz hinter neuen Kicks und Hypes. Sogar diese eine Plattform gibt es nicht mehr: zu viele Kids, ein zu heißes Eisen, plötzlich von weltweiten Bezahlsystemen ausgeschlossen, abgeschaltet, trockengelegt. Dafür sprießen andere Plattformen aus dem Boden mit Mädchen, die Holly verdammt ähnlich sehen.

Dieser Sommer ist der heißeste, den Paul je erlebt hat. Der Asphalt auf der Straße schmilzt, Farben und Formen verdampfen, Bäume und Tiere verdursten. Nun sind es die Kids, die rund um die Welt ihre Stimme erheben.

Paul macht sich einen Whisky on the rocks, lässt die Eiswürfel im Glas klirren und seinen Laptop hochfahren. Zeit für ein paar ablenkende Stunden.

Da klingelt sein Handy.

Auf dem ausgetrockneten Flussbett des Rheins haben sich hunderte jugendliche Demonstranten versammelt. Zwei Jungs sind an der Fassade des Mäuseturms, der vor kurzem noch mitten im reißenden Strom stand, emporgeklettert und haben sich an den Zinnen der schmalen Festung festgekettet. Polizeihubschrauber kreisen. Paul und seine Kollegen kämpfen sich durch die fest zusammenstehenden Kids zum Mäuseturm durch: Gerangel und Gemenge, Tumult und Gekreische.

Nur ein paar Meter weiter, da wo der Rhein einst mit tosenden Wellen seine Bahnen zog, liegt ausgebleicht in der Sonne der zerfetzte Leib eines Schlauchbootes, fest um die Ankerkette einer Boje gewickelt, die jetzt auf dem Kiesbett liegt und schweigt ... bei Rheinkilometer 530!

💧

Im Rhein ertrinken jährlich hunderte Personen. Einige von ihnen werden niemals gefunden.

💧

Bis heute – im Jahre 2022 – ist es nicht gelungen, Kinder und Jugendliche vor Pornoplattformen zu schützen.

DIE STILLE AM RETTENDEN UFER
von Jürgen Heimbach

22. März 1945

Der Balken krachte direkt vor ihm auf den losen Untergrund. Herrmann-Karl Bender sprang erschrocken zurück, stolperte über ein Mauerstück, verlor das Gleichgewicht und stürzte. Die dunkelbraune Aktentasche in seiner Linken ließ er dabei nicht los. Er wischte sich mit einer fahrigen Handbewegung den Staub aus dem Gesicht und rollte sich stöhnend zur Seite. In dieser Bewegung fiel sein Blick auf das Revers seines Jacketts, an dem schief das goldene Parteiabzeichen hing. Hastig riss er es ab und schob es in seine Jacketttasche. Mühsam richtete er sich auf.

Mitleidlos sah ihm dabei ein zehn- oder elfjähriger Junge zu, dessen rechte Gesichtshälfte durch Brandwunden zu einer Fratze entstellt war, bis eine Frau erschien, ihn am Kragen packte und mit sich fortzog.

Der Donner eines Geschützes ließ Bender zusammenfahren. Sie mussten schon auf dem Kästrich sein, mutmaßte er, umklammerte die Aktentasche und lief los, vorbei an den ausgebombten Häusern. Gestern waren die Amerikaner in Hechtsheim eingerückt, hatte es geheißen, heute würden sie in die Stadt einmarschieren, waren sicher nicht mehr weit weg. Er musste zum Rhein, ans andere Ufer. Es war noch früh am Morgen, die wenigen Menschen, die in den Trümmern ausharrten, hielten sich versteckt. Sie fürchteten die Hundertfünfzigprozentigen, die jeden, der den Anschein machte, nicht bis zum Endsieg kämpfen zu wollen, erschossen oder erhängten. Keine zwei Tage war es her, dass in Hechtsheim drei Männer, die an der Schule des Ortes weiße Betttücher aufgehängt hatten, noch am gleichen Abend hingerichtet worden waren.

An dem Tag, an dem der Mainzer Oberbürgermeister Ritter die städtischen Dienststellenleiter zum wiederholten Mal auf die unverbrüchliche Treue auf den Führer eingeschworen hatte, bevor er sich selbst ans rechte Rheinufer absetzte. Bender hätte mitgekonnt, aber er musste an seine Zukunft denken … Die Ironie dieses Gedankens war ihm entgangen.

Die letzten Tage war es trocken geblieben, und jetzt ließ jeder Schritt den allgegenwärtigen Staub aufwirbeln. Maschinengewehrfeuer deutete auf Widerstand hin, der ihm Zeit verschaffte.

»Sieh an, der Bender!«

Ein Mann um die Fünfzig, ausgezehrt, den dunkelblauen, zu weiten Anzug von einer feinen Staubschicht bedeckt, war aus dem Eingang eines eingestürzten Hauses vor ihn getreten.

Büttner! Bender fluchte in sich hinein. Wieso war der jetzt hier? Der sollte doch …

»Wohin denn, Bender? Keine Freunde mehr, die dich beschützen? Keine Partei, die ihre Hand über dich hält?«

Büttners Lachen hatte einen hämischen Unterton. Erst jetzt bemerkte Bender das Messer in dessen Hand. Wieder erscholl eine Maschinengewehrsalve.

»Die Amis, Bender! Fürchtest du sie? Wenn die erfahren … du wirst einer der ersten sein, den die aufknüpfen, … wenn ich …«

Bender antwortete nicht. Er musste an Büttner vorbei.

»Was ist denn in der Tasche da? Zeig mal her! Vielleicht kommen wir ja ins Geschäft ...«

»Ich soll dir vertrauen, Büttner?«, erwiderte Bender mit dünner Stimme, die nicht zu seiner massigen Figur passte. Er starrte auf das Messer.

»Was bleibt dir übrig? Also ...« Büttner streckte seine freie Hand aus. Die Bewegung wirkte ungelenk.

Er hatte Benders Blick bemerkt. »Gestapo«, zischte er.

Zwei kurz aufeinanderfolgende Geschützkracher ließen beide Männer zusammenfahren und Büttner einen Schritt zurücktreten, genau unter einen fallenden Stein, der sich aus dem Restmauerwerk des Hauses gelöst hatte und ihm den Schädel zertrümmerte.

Bender konnte es sich nicht verkneifen, dem Toten einen Tritt zu verpassen.

Die Stadt war nach dem Bombenangriff vom 27. Februar zerstört und lag jetzt wie ausgestorben da. Auf dem Weg zum Rhein begegnete Bender keiner Menschenseele. Die Brücken waren gesprengt worden, um dem Feind den Übergang zu erschweren. Am Flussufer sah Bender sich um. Kein Schiff, nichts, nur flussabwärts die Reste der Verkehrsbrücke, die aus den Fluten aufragten, und flussaufwärts die Trümmer der gesprengten Eisenbahnbrücke nach Gustavsburg.

Ein Alter, der einen quietschenden Karren hinter sich herzog, nuschelte im Vorbeigehen: »Bist zu spät! Aber ihr Goldfasane könnt doch fliegen, oder?« Er lachte und entblößte dabei seinen zahnlosen Kiefer.

Bender sah rüber, zur anderen Seite. Da musste er hin. Er lief flussaufwärts. Hinter der Eisenbahnbrücke, kurz vor Weisenau, hatte er ein Boot versteckt, gute vier Meter lang. Vor ein paar Tagen hatte er sich vergewissert, dass es noch da war.

Bald versperrten ihm die übereinander getürmten Trümmerteile der eingestürzten Eisenbahnbrücke den Weg. Bender stöhnte auf. Er sah nach Westen, in Richtung des Stadtparks. Irgendwo dahinter zwirbelte sich eine dunkle Rauchwolke in den Himmel, unterlegt vom Stakkato eines Maschinengewehrs. Viel Zeit hatte er nicht mehr. Bald würden die Amerikaner den Fluss erreicht haben. Er wuchtete sich über die ersten Brocken, behindert durch die Tasche, die er auf keinen Fall verlieren durfte. Sie war seine Versicherung, der Grundstein für den Neuanfang.

Eine halbe Stunde später hatte er das Hindernis überwunden und hastete schwer atmend auf dem Leinpfad weiter, sich immer wieder umschauend.

Dichtes Gebüsch schirmte das Boot vor fremden Blicken ab. Bender bog die Zweige zur Seite. Er atmete auf, es lag noch da, den Bug in den sandigen Untergrund gegraben, das Heck auf den sanft auslaufenden Wellen tänzelnd. Bender warf die Aktentasche hinein, packte das Tau, löste es von dem Pflock im Boden und begann, das Boot ins Wasser zu schieben.

Als es endlich frei schwamm, stieß er es mit einem Fuß vom Ufer ab und ließ sich bäuchlings über den Rand fallen. Er hatte kaum Zeit sich aufzurichten, da stoppte das Boot abrupt. Hinter ihm erscholl ein Trompetenlachen.

»Herrmann, willst du dich absetzen?«

Bender, noch benommen, konnte die Stimme nicht gleich zuordnen. Wer wusste noch von dem Boot? Jetzt, wo er so kurz davor war …

Er rappelte sich auf, drehte sich um und blickte in das feiste Gesicht von Werner Zell. In seiner linken Hand hielt Zell das Tau, in der rechten ein Beil, das er langsam hin und her wiegte. Der Mann war nicht weniger füllig als Bender.

Zell lachte. »Du weißt, Herrmann, was mit Volksverrätern geschieht …? Gib mir die Aktentasche!« Er unterstrich seine Forderung mit einer Bewegung des Beils.

Bender kletterte ungelenk auf die Bank. Die Aktentasche hielt er fest an sich gedrückt.

Zell sprach ruhig. »Herrmann, komm jetzt, gib mir die Tasche und verschwinde!«

Dabei umfasste der massige Mann das Tau fester und zog das Boot scheinbar mühelos zurück zum Ufer, während Bender hektisch versuchte, ein Ruder in die Dolle zu legen. Als das Heck am Sand kratzte, schlug Zell die Schneide des Beils in den Holzrand des Bootes. Bender zuckte im ersten Moment zusammen, doch als habe ihn der Schlag aufgeweckt, hielt er die Tasche am ausgestreckten Arm übers Wasser.

»Was soll das, Hermann?« Zell schlug einen ruhigen Ton an.

»Mach nur, Werner, die Tasche ist dann weg!«

Zell überlegte. »Herrmann, ich weiß, dass du darin die Beglaubigungen für die Grundstücke und Häuser hast, ich habe das Grundbuch eingesehen. Und einiges an Schmuck und anderen Wertgegenständen dazu, … genug für zwei neue Leben.«

»Was willst du?«, blaffte Bender zurück, nun wieder etwas selbstsicherer, da er spürte, dass auch Zell keine Zeit blieb. Das Gewehrfeuer schien immer näher zu kommen.

»Wir setzen über, teilen drüben und jeder geht seines Weges.« Mit einer entsprechenden Handbewegung unterstrich der Mann seine Aussage. »Sei kein Idiot ...«, fügte er hinzu und deutete hinter sich, wo gerade wieder eine MG-Salve zu hören war.

»Wer sagt mir, dass du mich drüben nicht einfach zu Klump schlägst ...?«, fragte Bender.

Zell wiegte seinen fast kahlen Schädel, ging nicht darauf ein. »Du ruderst, und ich setze mich ans andere Ende des Bootes. Da ist genug Platz zwischen uns«, schlug er vor.

»In Ordnung.« Bender hängte die Ruder in die Dollen und legte die Tasche hinter sich. Zell setzte sich auf die Querplanke am Heck.

Das Boot trieb erst langsam, dann schneller auf den Rhein hinaus. Bender ließ beim Rudern den Mann ihm gegenüber nicht aus den Augen.

Nach mehreren Schlägen hatte er seinen Rhythmus gefunden und steuerte das Boot zur Mitte des Flusses, wo es immer mehr Fahrt aufnahm. Vom Wasser aus war die Feuersäule in einem Vorort gut zu erkennen.

»Die Brücke!«, warnte Zell.

Bender wandte seinen Kopf um.

»Nach rechts!«, schrie Zell, doch bevor Bender reagieren konnte, schossen sie schon zwischen zwei aus dem Wasser ragenden Eisenträgern hindurch und streiften einen Pfeiler. Das rechte Ruder knallte gegen den Stein und wurde Bender aus der Hand gerissen, dann waren sie an dem Hindernis vorbei. Zell suchte die bedenklichen Schwankungen des Bootes auszugleichen, während Bender das Ruder wieder packte und das Gefährt mit kräftigen Stößen in Richtung Ufer trieb.

»Fester! Noch 30 Meter.«

Die letzten Worte Zells gingen in dem sich schnell nähernden Motordonnern des Flugzeugs unter, das wenig später vom Rattern des Bordmaschinengewehrs übertönt wurde. Wasserfontänen spritzten neben ihnen auf. Das Boot verlor an Fahrt und Richtung, schon schoss der Jagdbomber nur wenige Meter über sie hinweg. Sie trieben ab, wieder in die starke Strömung hinein.

Während Bender mit hektischen Ruderbewegungen das Boot auf Kurs und wieder näher zum Ufer brachte, hatte der Jagdbomber gewendet und eröffnete erneut das Feuer. Die beiden Männer machten sich klein, bückten sich vornüber. Eine Kugel durchschlug direkt vor Zells Füßen den Holzboden.

Bald umspülte das eindringende Wasser die Schuhe der beiden Männer.

»Deine Jacke!«, befahl Zell.

Umständlich zog Bender sein Jackett aus und warf es zu Zell, der es gleich auf das Loch drückte. Das Boot hatte währenddessen fast das Ufer erreicht. Plötzlich erhob sich Bender und sprang mit der Aktentasche ins Wasser.

»He …!«, rief Zell und ließ sich ebenfalls vom Boot gleiten, Beil und Jackett hielt er dabei in der Hand.

Mit Abstand kletterten die beiden Männer die Uferböschung hinauf und warfen sich vor einer brusthohen Mauer auf den Boden, als der Jagdbomber wieder über sie hinwegflog.

Schnell standen beide auf den Beinen.

»Die Aktentasche! Her damit!«, befahl Zell und hob drohend das Beil.

Bender wich zurück.

»Wen haben wir denn da? Nach kämpfender Truppe sehen die nicht aus.«

»Eher nach denen, die andere ins Feuer schicken, um ihren eigenen Arsch zu retten.«

Hinter der Mauer hatten sich drei junge Männer in Wehrmachtsuniformen erhoben. Zwei von ihnen richteten ihre Karabiner auf Zell und Bender.

Zell machte eine beschwichtigende Handbewegung. »Heil Hitler!«, rief er ihnen entgegen. »Nehmt diesen Volksverräter fest!«

Die drei sahen sich überrascht an, was Bender nicht entging. Er war schon immer gut darin gewesen, Chancen zu erkennen.

»Achtung! Das ist ein Hundertzehnprozentiger«, warnte er mit leiser Stimme. »In der Jackentasche hat er sein goldenes Parteiabzeichen.«

Überrascht sah Zell ihn an. »Was soll …?«

Weiter kam er nicht. Einer der jungen Männer sprang behände über die Mauer, schlug dem überraschten Zell das Beil aus der Hand und entriss ihm das Jackett. Nach kurzem Suchen hielt er das Parteiabzeichen in die Luft.

»Das ist nicht meins …«, versuchte sich Zell zu verteidigen, während die beiden anderen Soldaten nun durch einen Durchlass in der Mauer zu ihnen kamen und Zell umringten.

»Na, wie viele hast du auf dem Gewissen?«, fragte einer von ihnen und stieß ihm den Gewehrlauf gegen die Brust.

Mit kleinen Schritten bewegte sich Bender zurück, die Aktentasche hinter seinem Rücken. Bald hatte er den Durchlass erreicht.

Kurz darauf hörte er Zell kurz aufschreien.

Dann war es still.

LIEBESTRAUM
von Ulrike Keding

»I love you.«

Sie übt gerade Klavier, als seine WhatsApp aus New York eingeht: »Für niemanden hege ich so tiefe Gefühle wie für Dich. Du bedeutest alles für mich.«

Seit zwei Monaten sind sie ununterbrochen miteinander vernetzt. Noch nie hatte sie solche Liebeserklärungen erhalten – und es war keineswegs so, dass sie in ihrem Leben von Männern nicht verwöhnt worden wäre.

Er hatte sie über ein Business-Netzwerk angeschrieben und ihr gleich Komplimente gemacht: »Ich bin gefangen von Deiner charmanten Schönheit. Ich finde Dich dermaßen attraktiv, dass ich nicht anders konnte, als Dir zu schreiben.«

Sie spielt den »Liebestraum« Nr. 3 As-Dur von Franz Liszt. Sie ist eine begabte Pianistin. Mit ihrer Lieblingssonate debütiert sie demnächst in New York. Danach hat sie vor, privat in der Stadt aller Städte, die sie noch nicht kennt, zu verweilen. Schon allein deswegen erscheint ihr der Kontakt mit dem unbekannten Amerikaner wie ein Geschenk des Himmels. Er sei Witwer und habe eine elfjährige Tochter.

Er stellt sich als Ingenieur aus der Ölbranche vor. »Morgen fliege ich auf Dienstreise nach Ankara.« Die Turkish Petroleum Company habe seine Firme beauftragt, eine wichtige Ölpipeline in der Türkei zu sanieren – ein Drei-Millionen-Dollar-Projekt. Er mailt ihr sogar seinen Vertrag.

Von Ankara aus will er sie besuchen. Sie fühlt sich

geehrt, weil er nur für sie die Reise unternimmt.

Sie wohnt in der Richard-Wagner-Villa in Wiesbaden-Biebrich. Hier schuf der von ihr angebetete, weltberühmte Komponist 1862 ein Jahr lang Teile der »Meistersinger von Nürnberg«. Die gesamte Klavierpartitur beherrscht sie auswendig. Mit ausgewählten Wagnersolisten studiert sie zu Hause an ihrem Steinway die Opernarien ein. Dem strahlenden Anwesen mit seinen grünen Fensterläden und roten Backsteineinfassungen fühlt sie sich zutiefst verbunden. Die malerische Lage der Villa am Rheinufer entspricht ihrer romantischen Ader. Hier will sie den New Yorker Geschäftsmann treffen – am Leinpfad vor ihrem Haus.

Gespannt sieht sie ihrem Rendezvous entgegen. Er hatte ihr ein Porträt von sich geschickt. Er sei Italo-Amerikaner und im Alter von drei Jahren von Venedig nach San Francisco ausgewandert.

Am nächsten Tag wartet sie im Sonnenschein auf der Bank. Sie erkennt ihn sofort, obwohl er eine schwarze Sonnenbrille trägt. Sein freundliches Lächeln, mit dem er auf sie zusteuert, offenbart ausnehmend schöne Zähne. Mit seinem Dreitagebart, kinnlangen, dunklen Haaren, in denen erste graue Strähnen schimmern, und an den Knien aufgeschlitzten Jeans strahlt er den lässigen Charme eines Südländers aus. Als sie sich erhebt, nimmt er seine Sonnenbrille ab. Es knistert zwischen ihnen.

Sie hatte befürchtet, von einem realen Treffen enttäuscht zu werden, aber nein: Er gefällt ihr. Sie bemerkt, dass ihr Herz klopft.

»Endlich! Ich bin so glücklich, dass wir uns treffen.«

»Ich auch. Du bist die große Liebe meines Lebens.«

Im Rheingau beginnt ihre Romanze. Hand in Hand

spazieren sie am Fluss entlang, der im Frühlingslicht schillert. Ihre gemeinsame Zeit in Deutschlands romantischster Landschaft ist kurz bemessen. Sie malen sich ihr Wiedersehen in New York aus. Ihr Herz hüpft in Vorfreude auf ihr nächstes Rendezvous mit ihm in Manhattan.

Am nächsten Tag fliegt ihr charmanter Amerikaner nach Ankara zurück. Verträumt wacht sie auf, erfüllt von den Erinnerungen an ihn. Ihr Smartphone vibriert. Eine neue WhatsApp. Gutgelaunt fängt sie an zu lesen: »Ich möchte Dich heiraten. Du bist die richtige Mutter für meine Tochter. Worte können nicht ausdrücken, was ich für Dich empfinde. Ich bin so glücklich mit Dir.« Sie lächelt und liest weiter. »Diesen Morgen bin ich in Hochstimmung angegangen, immer in Gedanken bei Dir. Aber abends bin ich niedergeschlagen in mein Penthouse zurückgekehrt. Nach meiner Rückkehr sollte ich für die Turkish Petroleum Company Rohre kaufen, um deren Öl-Pipeline zu erneuern. Aber ich bekomme einfach keine Online-Verbindung zu meinem Konto hin, weder vom Büro noch von zu Hause aus. Es ist so frustrierend. Kannst du mir vielleicht helfen, Zugang zur Website meiner Bank in den USA zu bekommen? Du weißt, mein nächster Auftrag hängt von meinem Erfolg in diesem Projekt ab.«

Erschrocken lässt sie das Smartphone sinken. Da stimmt etwas nicht, fühlt sie sofort. Sie denkt scharf nach: Wenn er ein so wichtiger Ingenieur ist, braucht er sie nicht, um an sein Bankkonto zu gelangen.

»Es tut mir leid, ich kann Dir nicht helfen. Es ist der Job Deines Assistenten, Dir in Bankfragen zu helfen – und nicht meine Aufgabe«, mailt sie zurück.

Entsetzt läuft sie im Nachthemd auf den seitlichen Balkon, von dem aus sie den Blick auf den Rhein so liebt. An diesem Morgen wirkt der in düsterem Nebel versunkene Strom bedrohlich auf sie. Sie ist zwischen nagenden Zweifeln hin- und hergerissen. Wem ist sie auf den Leim gegangen? Oder ist etwa alles nur ein einziges Missverständnis? Fieberhaft überlegt sie, mit wem sie darüber sprechen könnte. Die Pianistin hebt den Hörer – und ruft die Polizei an. Rasch wird sie zum Betrugsdezernat durchgestellt.

Kommissar Schweikhard hört ihr mit Interesse zu. »Love Scam«, bestätigt er ihren fürchterlichen Verdacht. »Liebesbetrug. Sie haben richtig gehandelt. Hätten Sie ihn in Bankangelegenheiten unterstützt, hätte er Ihnen einen Link gesendet. Wenn Sie diesen angeklickt hätten, wäre ihm der Zugang zu Ihrem Konto gelungen. Sie können sich nicht vorstellen, wie viele Frauen auf solche Methoden hereinfallen. Diese Männer bauen monatelang übers Netz ein Liebesverhältnis auf, bevor sie die Frauen um finanzielle Unterstützung bitten. Die meisten Männer – übrigens auch Frauen – leben in Wirklichkeit in Afrika oder in der Türkei. Sie geben sich mit Vorliebe als erfolgreiche, wohlsituierte New Yorker mit guten Berufen aus – und oft als vertrauenswürdige Witwer. Sie können davon ausgehen, dass alles erfunden ist. Mit Sicherheit ist der Vertrag mit der türkischen Ölgesellschaft, den er Ihnen gemailt hat, gefälscht. Auch das Foto, das Sie erhalten haben, ist nicht der Mann, der sie angemailt hat. Die Liebesbetrüger kopieren im Netz das Foto irgendeiner Persönlichkeit, die altersmäßig zu Ihnen passt und attraktiv ist. Die Lovescammer sind die Heiratsschwindler von heute.«

Sie verschweigt dem Kommissar, dass ihr Verehrer

dem Porträt, das er ihr gesendet hatte, entspricht. Sie verschweigt ihm auch, dass sie mit ihm eine Romanze angefangen hat.

Sie blickt nur auf den Rhein und hört dem Kommissar zu.

»In den meisten Fällen sind die Heiratsschwindler nicht zu überführen, weil sie im Ausland leben. Auch die Nummern mit amerikanischer Vorwahl sind konstruiert. Die einzige Möglichkeit: Sie verabreden sich mit Ihrem Verehrer, und im Hinterhalt wartet bereits die Polizei auf ihn.«

»Ich verstehe. Daran habe ich kein Interesse.« Sie legt auf.

Im nächsten Moment meldet er sich. »Was ist los, Honey?«

Sie antwortet nicht. Eine eiskalte Ernüchterung macht sich in ihr breit, eine grenzenlose Enttäuschung. Ihr wunderschöner Liebestraum fällt in sich zusammen. Er ist ein Betrüger. Sie wird ihm nie wieder antworten.

Verzweifelt stürzt sie hinunter zu »ihrem« Rhein, den sie so liebt, muss sich ablenken, rast bis zu der schrägen Rampe in den Fluss, ganz dicht ans Wasser, stoppt.

»Ich habe mich in einen Kriminellen verliebt!« Sie weint bitterlich. Hat Selbstmordgedanken. In den Rhein stürzen, sich von den Strudeln niederreißen lassen, und der ganze Schmerz wäre versiegt. Die tragisch Liebenden aus der Oper erscheinen ihr. Isolde aus Wagners »Tristan und Isolde« verliebt sich sogar in einen Mörder. Und Lisa aus Tschaikowskis »Pique Dame« verliert ihr Herz an einen über Leichen gehenden Roulettespieler, wirft sich in die Neva und ertränkt für immer ihren Liebeskummer.

Sie macht kehrt. Selbstmord ist nicht ihre Sache. Sie läuft hoch in die Villa. Ihr Smartphone klingelt. Aus Ankara ruft er sie an, sie sieht seine Nummer. Sie nimmt das Gespräch nicht an. Einen Moment lang scheint es ihr, als ob auch er Liebesqualen leiden würde, so oft, wie er versucht hat, sie zu erreichen. Sie zeigt ihm die kalte Schulter, obwohl es ihr das Herz bricht. Sie setzt sich an ihren Steinway-Flügel und spielt ihre Lieblingssonate. Tränen strömen ihr übers Gesicht.

Drei Wochen später steht sie im Scheinwerferlicht der Carnegie Hall in New York. Tosender Applaus schallt ihr entgegen. Mit ihrer leidenschaftlichen Interpretation von Franz Liszts »Liebestraum« hat sie ihr Publikum in den Bann gezogen. Sie ist eine gefeierte Pianistin.

**DIE DINOSAURIER DÜRFEN
NICHT AN BORD**
von Richard Lifka

Regen, Regen, seit Tagen schüttet es ohne Unterlass. Im Hafenviertel schießt das Wasser flutartig durch die kleinen, engen Gassen. Keine Möglichkeit, trockenen Fußes auf die andere Straßenseite zu gelangen.

Er geht in den Keller, um das alte Schlauchboot hervorzuholen. Dazu muss er durch die Werkstatt. Automatisch greift seine Hand nach dem Latthammer, der auf der Arbeitsplatte liegt. Er hebt ihn bis zu den Augen hoch.

»Warum, was soll ich damit?«, murmelt er vor sich hin. Sicher eine Assoziation mit der Ortsvorsteherin von Schierstein. Sie heißt mit Nachnamen Hammerschlag, wird allgemein nur *der Hammer* genannt, aufgrund ihrer harten Art zu verhandeln. Ebenso wie ihre Parteikollegen vertritt sie vehement jene Politik, die genau zu diesem Katastrophenwetter geführt hat: Noch immer leugnen diese Leute den Klimawandel.

Diese Ansicht hat ihn dermaßen frustriert und enttäuscht, dass er vor einem Jahr eine Bürgerinitiative gründete. Anlass war das Bauvorhaben der Stadtentwicklungsgesellschaft, über das in den nächsten Tagen im Ortsbeirat abgestimmt werden soll. Ohne Rücksicht auf die Natur sollen am Ostufer des Hafens Hochhäuser errichtet werden. Dagegen wehren er und seine Bürgerinitiative sich mit allen demokratischen Mitteln. Aber was nutzt es, sich an demokratische Gepflogenheiten zu halten, wenn die Gegenpartei dies in keiner Weise tut?

Nun ist er mit dieser Frau Hammerschlag in der »Arche Noah«, dem schwimmenden Lokal im Schiersteiner Hafen, verabredet. Sie hatte um das Gespräch gebeten. »Um die Missverständnisse, die es zwischen uns gibt, aus der Welt zu schaffen«, hatte sie am Telefon geheuchelt. Na gut, das ließ sich nun nicht mehr ändern. Er hatte zugesagt.

Er rudert mit dem Schlauchboot bis zur überfluteten Uferpromenade, befestigt das Ding an einem Pfeiler und betritt über einen Steg das schwimmende Lokal. Er zieht die Kapuze des Hoodies tiefer ins Gesicht, um unerkannt an der Bedienung, bei der er schon des Öfteren bestellt hatte, vorbeizukommen. *Der Hammer* sitzt in der rechten hinteren Ecke, hochnäsig, arrogant wie immer, aufrecht und kerzengerade, als ob sie einen Stock verschluckt hätte. Sie winkt ihn lässig herbei.

Kaum hat er den Tisch erreicht, sagt sie: »Schön, dass Sie es einrichten konnten, mein Freund, nehmen Sie doch Platz.«

»Nein, danke, ich muss gleich weiter, lassen Sie uns draußen reden.« Er geht voraus, sie folgt ihm in geringem Abstand. Es ist ihm unangenehm, als die Bedienung ihnen entgegentritt. »Sie gehen schon wieder?«

Der Hammer lächelt. »Ja leider, aber die Geschäfte rufen ...«

Es dauert nicht lange, da eskaliert das Gespräch in einen heftigen Streit. Sie provoziert ihn mit ihrer Intoleranz und Arroganz, bis es in ihm kocht, und er sich nicht mehr unter Kontrolle hat.

♦

Familie Hansen paddelt am Sonntagmorgen mit ihren Kindern mit dem Schlauchboot im Hafen herum, um trockenes Brot an die Schwäne und Enten zu verfüttern. Zum ersten Mal seit langem scheint die Sonne wieder und spiegelt sich im Hochwasser. Familie Hansen legt am ehemaligen Ufer an und blickt gebannt auf die braune, vor sich hin dümpelnde Brühe im Hafenbecken.

Die »Arche Noah« ist brechend voll, alle Tische im Innenbereich sind besetzt.

»Da bekommen wir keinen Platz mehr«, brummt Herbert, der Vater, enttäuscht.

Elisa, die Mutter, beginnt ein Liedchen von Lonzo vor sich hin zu trällern: »Die Dinosaurier dürfen nicht an Bord …«

»Schaut mal dahin!«, ruft Sem und deutet mit dem Finger auf eine Stelle unter dem Steg, der zum Lokal führt. Tatsächlich, dort schwimmt etwas.

»Das ist ein Mensch!«, kreischt Anna-Lena hysterisch.

💧

Judith Schade beugt sich weit über den Tisch und schaut dem Kommissar tief in die Augen. »Sie sind dann raus in den strömenden Regen gegangen, ohne Schirm, was mich doch sehr wunderte. Ja, die Frau war Petra Hammerschmidt. Nein, den Mann kannte ich nicht, aber, wenn ich es mir recht überlege, kam er mir schon irgendwie bekannt vor, nein, beschreiben kann ich ihn nicht, weil er die Kapuze seines Pullovers fast übers ganze Gesicht gezogen hatte.«

◆

Der Gerichtsmediziner stellte fest, dass die Ortsvorsteherin mit zwei Schlägen auf den Hinterkopf getötet worden war.

»Mit einem Zimmermannshammer oder Ähnlichem«, bemerkt er gegenüber dem ermittelnden Kriminalkommissar. »Trieb nicht länger als 24 Stunden in unserem trüben Hafenwasser herum.«

Der Kommissar blättert in seiner Akte und brummt dabei ungehalten: »Der Besitzer des Schlauchboots, das nach Zeugenaussagen zur Tatzeit vor der ›Arche Noah‹ festgebunden war, konnte bisher nicht ermittelt werden. Sieht ganz nach einem weiteren ungelösten Fall aus. Es hat schon etwas Makabres an sich, dass ausgerechnet die Hansens, deren Bürgerinitiative ja zu den heftigsten Gegnern der Ortsbeiratsvorsitzenden gehört, ihre Leiche findet.«

»Mehr als ein Zufall?«, fragt süffisant der Gerichtsmediziner.

KOPFSACHE
von Alexander Pfeiffer

Als alles vorbei war, bin ich mit dem Paket im Kofferraum runter zum Fluss gefahren. Auf der Biebricher Allee sagte ich zu mir selbst, dass man in dieser Welt kaum einen traurigeren Ort finden wird als die Kreuzung, die ich gerade passierte. Ihre Ampeln ragten ins Dunkel wie die Äste sterbender Bäume. Um die Blinkzeichen kümmerte sich schon seit Stunden niemand mehr.

Wenn man anfängt, mit sich selbst zu sprechen, fühlt sich das erstmal seltsam an. Irgendwann wird es ganz normal. Es ist gar nicht so schlecht. Ich führe ausgedehnte Unterhaltungen mit den Stimmen in meinem Kopf, wenn ich so im Auto unterwegs bin, nachts, auf diesen wunderbar leeren Straßen. Sie sind nicht immer einer Meinung mit mir, die Stimmen, aber die Auseinandersetzungen werden nie hässlich. Nie so hässlich wie die, die ich mit meiner Frau hatte.

Eine der Stimmen in meinem Kopf sagte mir den Weg vor. Ich antwortete ihr, dass ich das nicht brauche. Ich kannte den Weg. Die Stimme machte trotzdem weiter. Sie traute mir nicht. Ich hatte meine eigenen Gedanken zu ihr. Aber ich bin ganz gut darin, meine Gedanken für mich zu behalten.

Meine Frau meinte immer, es mache einsam, seine Gedanken nicht mit anderen zu teilen. Was hätte ich ihr darauf antworten sollen? Sie sprach mehr als genug für uns beide. Eine Stimme mehr, die ich nicht aus meinem Kopf rauskriegen konnte.

Jetzt war da eine Stimme, die mir sagte, ich solle

umkehren. Ich solle das alles vergessen. Ich sei dabei, einen großen Fehler zu machen. Noch einen mehr. Sie klang beinahe wie die Stimme meiner Frau. Schrill und schneidend. Ich ignorierte auch sie, fuhr die Biebricher Allee bis zu ihrem Ende und bog in Richtung Amöneburg ab. Dort nahm ich die Straße durch den Industriepark Kalle-Albert, vorbei an monströsen Schornsteinen, die ihren blassen Qualm in den Nachthimmel pusteten.

Am anderen Ende des Industrieareals stieß ich schließlich aufs Rheinufer. Zur Kaiserbrücke ging es nach links. Hinter einem verfallenden Gartenzaun lagerten bemooste Boote unter dreckigen Planen, als wäre hier ihre allerletzte Ruhestätte. Irgendwo dahinter erstreckte sich das Stahlkonstrukt der Brücke über den Fluss.

Ich nahm den Fuß vom Gas, rollte über den Bürgersteig auf den schlammigen Streifen Erde neben dem Zugang zur Kaiserbrücke und hielt unter einem kahlen Baum. Als ich das Paket aus dem Kofferraum nahm, war da wieder diese Stimme in meinem Kopf. Diese eine, die so viel lauter war als alle anderen. Die nie zu verstummen schien. Ich sah das Gesicht meiner Frau vor mir. Aus ihrem Kopf wuchsen Schlangenhaare, aus ihrem Mund lange Schweinshauer. Mit glühenden Augen und heraushängender Zunge starrte sie mich an. Ich schüttelte mich, schüttelte die Vision weg. Diesen Kopf der Medusa, der mich zu Stein erstarren lassen wollte.

Vorsichtig stieg ich die glitschigen Stufen der gewundenen Steintreppe hinauf. Da oben fuhr die Eisenbahn von Wiesbaden nach Mainz und zurück. Neben den Bahngleisen, zwischen zwei verrosteten Geländern, zog sich ein Weg aus Waschbetonplatten bis hinüber auf die andere Seite des Flusses. Tagsüber waren hier Fußgänger und Radfahrer unterwegs. Jetzt war ich allein.

Die Brücke zitterte unter mir. Ich griff mein Paket fester, drückte es gegen meinen Bauch. Ein Zug rauschte vorbei. Hinter den erleuchteten Fenstern glaubte ich ein Gesicht zu sehen, das mich anstarrte. Ich schüttelte mich, setzte einen Fuß vor den anderen. Da unten im Wasser war eine Anlegestelle mit verzweigten Stegen und dunklen Booten, die an ihnen festgemacht waren. Ich konnte hören, wie der Wind und die Wellen sie gegen die Planken knallten. Dumpfe Schläge im Dunkel. Ich lief weiter, und der Wind griff nach meinen Haaren.

Als ich wieder stehenblieb, war links von mir der Steg mit den einsamen Booten und rechts ein schmaler Landstrich mit Bäumen. Unter mir nur noch der dunkle Fluss. Ich stellte mein Paket auf dem Brückengeländer ab und öffnete es, da hörte ich hinter mir ein Geräusch. Schritte. Ein nächtlicher Fußgänger, aus Mainz kommend. Was hatte der hier zu suchen? Was hatte ich hier zu suchen? Wie tief mochte das Wasser hier sein? Tief genug, um zumindest diese eine Stimme für alle Zeiten verstummen zu lassen?

Der Fußgänger lief an mir vorbei, die Kapuze seines weiten Pullovers tief übers Gesicht gezogen. Ich sah ihm hinterher, dann schaute ich auf die Fabrikschlote von Amöneburg, die ihr Gift in die Nacht bliesen. Von einem der Stahlträger, die die Bahnstrecke begrenzten, starrte mich ein weiteres Gesicht an. Ein Totenkopf in Sprühfarbe, grünlich schimmernd.

Stille Wasser sind tief. Hat meine Frau immer zu mir gesagt. Und ich habe gedacht: Dann sind laute Wasser wohl flach. Aber auch das habe ich für mich behalten. Jetzt war das alles vorbei. Medusa schwieg. Ich entschloss mich, das Paket doch nicht zu öffnen. Ich gab ihm bloß einen kleinen Stoß. Den Rest erledigten der Wind und die Wellen.

KOMMISSAR KRÜGER ERMITTELT
TIEFE WASSER
von Anaïd Rahim

Kommissar Krüger stand lässig auf dem Leinpfad und rauchte. Der Fundort befand sich unterhalb des gelben Hauses auf dem Hügel, ungefähr auf der Hälfte der Strecke zwischen Walluf und Eltville. Der Tag kam grau in grau daher und entsprach der Stimmung des Kommissars. Ihn fror. Vom Rhein her stieg in dünnen Schwaden noch immer unwirtlicher Nebel auf. Die Atmosphäre hätte etwas Gespenstisches an sich haben können, aber Krüger war nicht der Mann für Sentimentalitäten. Ein schnöder Tag Ende November, die Sonne glänzte durch Abwesenheit. Krüger warf die Zigarette auf den Weg und trat sie aus.

Dann kletterte er die Böschung hinab. Der Flusslauf lag weit zurückgedrängt. Zu wenig Regen in den letzten Wochen und viel zu warm für diese Jahreszeit. In dem trockenliegenden Kiesbett hatte die Spurensicherung ein weißes Zelt über dem leblosen Körper errichtet, um ihn bis zum Abtransport zu schützen. Vor was auch immer. *Tot ist tot!,* dachte Krüger. *Da ist einem das Schlimmste schon passiert!* Er ging auf das Zelt zu. Die Steine waren glitschig und bemoost, je weiter er in Richtung Wasser kam. Es lagen Glasscherben herum und haufenweise Muscheln, kleine Körbchenmuscheln, wie er wusste. Eine invasive Art, die hier im Mittelrheintal eigentlich gar nicht heimisch war. Eigentlich. Jetzt schon.

Krüger befand sich gute fünf Meter vom Ufer entfernt im ausgetrockneten Flussbett des Rheins und drehte sich zur Böschung um. *Ein Anblick, den man ja sonst selten hat,* dachte er. Die Böschung war dicht bewachsen von allerlei Bäumen, hauptsächlich Weiden. Man konnte den Leinpfad von hier aus nur erahnen. Wildes Gestrüpp, Unterholz und Schilf verbargen ihn vor den Blicken des Kommissars. Krüger schaute gen Eltville und gewann eine neue Perspektive auf die Burg. So weit draußen im Flussbett sah die Welt ganz anders aus. Hübsch anzusehen war das. Fast musste der Kommissar lächeln.

»Und? Was haben wir?«, fragte er, als er das Zelt erreichte.

Er nickte zwei uniformierten Kollegen von der Polizeidienststelle Eltville zu, die etwas abseits standen. Einer der beiden Männer rauchte. Dr. Anna-Katharina Birnbaumer, die Rechtsmedizinerin im weißen Overall, die neben der Leiche gekniet hatte, richtete sich auf und notierte etwas auf einem Zettel auf ihrem Klemmbrett, bevor sie Krüger wie beiläufig antwortete.

»Wasserleiche, eine Frau. Ich schätze, zwischen zwanzig und dreißig Jahren alt. Stand jetzt würde ich sagen, sie ist mindestens zwei Wochen im Wasser getrieben. Also: kein schöner Anblick. Aufgedunsen und die Verwesung ist weit fortgeschritten, angeknabbert von Fischen und so weiter«, stellte Birnbaumer unpathetisch die Faktenlage dar.

Sie kniff ganz kurz den Mund zusammen. »Könnte ein Suizid gewesen sein. Möglicherweise ist sie irgendwo runtergesprungen. Ist aber nur eine Vermutung. Näheres nach der Obduktion. Ich muss mir die Karten der Strömungen und Fließschemata des Rheins anschauen.« Sie unterbrach ihren eigenen Satz. »Die Identität der Frau ist unbekannt, sie hat weder einen

Ausweis noch ein Portemonnaie bei sich.«

Kommissar Krüger streifte mit dem Blick nur kurz über den leblosen Körper und sah dann zu Birnbaumer in ihrem weißen Overall. Er räusperte sich: »Wer hat sie gefunden?«

»Ein Angler hat uns angerufen!«, rief der uniformierte Kollege und schnickte dabei seine Zigarette weg.

»Wer angelt denn um diese Jahreszeit noch?«, fragte Krüger ungläubig.

»Verrückte!«, antwortete der andere Polizist lapidar und zuckte mit den Schultern. Kommissar Krüger schüttelte sachte den Kopf. Jetzt starrten sie alle auf die Leiche.

Die Haut der jungen Frau hatte einen grünlichen Schimmer. Ihr Gesicht war aufgedunsen und rund, wie ein Vollmond. Sie hatte lange, rötlich-braune Haare, in denen sich kleine Zweige und allerlei Wasserpflanzen verfangen hatten. Das alles hatte sich zu einem Gebilde um ihren Kopf herum verdichtet und mutete wie eine Krone an. Die Augen lagen blind und stumpf in ihren Höhlen.

»Der Tod hat etwas Ungeheuerliches an sich. Der Tod besitzt gewaltige Autorität. Eine Verwandlung, so ehrfurchtgebietend wie das Leben selbst und umso viel schwerer für uns zu verstehen.« Dieses Zitat von Philip K. Dick rieselte Kommissar Krüger aus seiner Erinnerung ins Bewusstsein. Die Kleidung der Frau war voller Schlick. Eine Jeans und irgendein Pullover, die Farben waren kaum mehr auszumachen. Dem rechten Fuß fehlte der Schuh, und eine geringelte Socke war dort zum Vorschein gekommen. Kommissar Krüger konnte den Anblick nur schwer ertragen. Diese Socke führte ihm in diesem Augenblick die menschliche Verletzlichkeit und Tragik der eigenen Existenz vor Augen. Er wandte den Blick ab. Die feuchte Kälte kroch ihm die Hosenbeine hoch. »Gut, wir sehen uns dann später!«, sagte er zu Birnbaumer und wandte sich zum Gehen.

Ein Leichenwagen kam ganz langsam über den Leinpfad gefahren, als der Kommissar eben die Böschung erklommen hatte und wieder auf dem Weg stand. Die Bestatter hielten an, stiegen aus, grüßten ihn und fragten, ob sie ihn mit zurück nehmen sollten. Krüger lehnte dankend ab und antwortete, dass er lieber lief. Als die beiden Männer mit der Überführungstrage die Böschung zum Fluss hinabgeklettert waren, ging der Kommissar noch ein paar Meter weiter und erbrach sich dort ins Gebüsch. Er konnte den Anblick von Leichen nicht ertragen. Manchmal fragte er sich, wie er überhaupt zu diesem Beruf gekommen war.

♦

Es war tiefe Nacht. Der Schubleichter pflügte durch das kalte schwarze Wasser talwärts. Die drei weißen Lichter am Mast in Form eines Dreiecks, das auf dem Kopf stand, kündigten ihn für die Bergfahrer an.

Jola stand an Deck, ohne Jacke, nur in ihrem dünnen Pullover. Sie war nach draußen geflüchtet, aber Henk kam ihr nach. Er war betrunken und brüllte die ganze Zeit, beschimpfte sie.

Jola hielt sich die Ohren zu.

Seine wutverzerrte Fratze erschien vor ihrem Gesicht. Er äffte sie nach.

Der Schlag traf Jola unvermittelt. Wie eine Puppe flog sie von Bord, wirbelte durch die Luft und schlug im eiskalten Wasser ein, das sie augenblicklich verschluckte.

Ihr Körper erlitt einen Kälteschock, und Jola ertrank.

Der Schubleichter setzte seine Fahrt mit unverminderter Geschwindigkeit fort.

◆

Der Himmel hatte Stufen. Die graue Wolkendecke hing schwer und voluminös über der Erde, während hinten am Horizont über den kahlen Baumwipfeln hoffnungsvolle Helligkeit hervorquoll und ihr nebliges Licht in die Welt drängte. Kommissar Krüger folgte dem Flusslauf nachdenklich zurück zur Stadt.

**KOMMISSAR KRÜGER ERMITTELT
DER GOLDENE TUKAN**
von Anaïd Rahim

Im Wohnzimmer von Luananda Onwuatuegwu sah es aus wie in einem Dschungel: Großblättrige Grünpflanzen standen überall herum oder hingen in Blumenampeln von der Decke. Exotische Möbel und Wohnaccessoires verstärkten diesen Eindruck zusätzlich. Auf einem blau bemalten Mangoholzschrank mit aufwendigen Schnitzarbeiten stand eine etwa 70 Zentimeter hohe Lampe mit schwarzem Schirm, deren Fuß einen massiven goldenen Tukan darstellte. Er thronte majestätisch über den Pflanzen und betrachtete sein Reich selbstsicher aus der erhabenen Position. Unangefochtener Herrscher des Dschungels.

»Sie mochte Pflanzen wohl lieber als Menschen!«, unterbrach Dr. Anna-Katharina Birnbaumer die Gedanken des Kommissars. Er grunzte einen Laut, der Zustimmung signalisieren sollte. »Heute nicht zum Reden aufgelegt?«, hakte die Rechtsmedizinerin nach, während sie den geräumigen Wohnbereich weiter durchschritten.

Krüger zuckte mit den Schultern. Vor der großen Glasfront mit halb geöffneter Schiebetür lag ein weitläufiger Garten, der aufgrund der erhöhten Lage einen wunderschönen Panoramablick über den Rhein bot. Dort stand ein massiver Ohrensessel, bezogen mit rotem Samt. In dem Sessel saß Luananda Onwuatuegwu. Sie war tot, erschossen.

»Aufgesetzter Schuss direkt zwischen die Augenbrauen!«, erklärte Dr. Birnbaumer das, was Krüger selbst sah. Ihm entfuhr ein Seufzer, und er spürte eine Welle von Übelkeit in sich aufsteigen. Der obere Teil des Sessels hinter dem Kopf der Frau war dunkel verfärbt von dem ganzen Blut, das der Stoff aufgesogen hatte. Der latent eisenhaltige Geruch waberte in der Luft. Krüger unterdrückte einen Würgereflex. Er konzentrierte sich auf das, was er sah.

Der massige Körper der Frau wirkte verloren in dem Sessel. *Wie erloschen,* dachte Krüger. Die Augen waren geöffnet und blickten leer. Die Seele, die diesen Körper einmal bewohnt hatte, nannte ihn nicht mehr ihr Eigen. Sie hatte diesen Körper schon lange verlassen. Das berührte den Kommissar zutiefst. All die Bilder der Toten und ihrer leblosen Körper, die er schon gesehen hatte, zogen an seinem inneren Auge vorbei, Körper, verlassen von den Seelen der Menschen, ihrer einstigen Bewohner, im Moment des Todes – aber wohin waren die Seelen gegangen? Krüger hatte eine leise Ahnung …

Das Anwesen der Villa Sicambria in der Erbacher Straße 12 in Eltville war mehr als großzügig. Die Parkanlage hatte einen Springbrunnen, auf den man schaute, sobald man das Eingangstor passierte. Wer es sich leisten konnte, hier zu wohnen, verfügte sicherlich über eine Menge Geld. Der Kommissar stand in der Auffahrt, die ein Rondell um den Springbrunnen bildete, und rauchte, als der Überführungswagen kam.

Zuvor war Krüger an der Seite des Hauses im Gebüsch verschwunden und hatte sich übergeben. Wie jedes Mal, wenn er eine Leiche sah. Möglicherweise war er doch sensibler, als er es sich selbst eingestehen wollte. Als Dr. Birnbaumer aus dem Gebäude kam, quittierte sie ihn mit einem Blick, dessen Bedeutung Krüger nicht verstand. Sie schob sich die weiße Kapuze des Overalls vom Kopf und zog den Reißverschluss bis zur Brust auf, während sie auf die beiden Männer zuging, die gerade ausstiegen. Krüger beobachtete das Geschehen aus der Entfernung und inhalierte den Rauch der Zigarette tief in seine Lunge, um sich zu beruhigen.

Dr. Anna-Katharina Birnbaumer war eine hübsche Frau Anfang 40, mit blondem, kinnlang geschnittenem Haar und einer rundlich-weiblichen Figur, die ihr sehr gut stand. Was Kommissar Krüger besonders an seiner Kollegin schätzte, war ihr messerscharfer Verstand, der einen aus ihren wachen grünen Augen heraus anblitzte, und ihre unprätentiöse Art.

Die beiden Männer holten die Überführungstrage samt Sarg aus dem Wagen und begaben sich in das Haus. Die Rechtsmedizinerin stand abwartend auf der Rasenfläche und sah Krüger auffordernd an. Wie in Zeitlupe löste Kommissar Krüger sich aus seiner Haltung, warf die Zigarette auf den Kiesweg und ging auf Birnbaumer zu. Der Kommissar war schlank, fast schon hager und mit seinen 1,88 cm groß gewachsen. Er trug eine helle, verwaschene Jeans und eine dazu passende, etwas ausgefranste Jeansjacke. Seine Haare waren dunkel und lichteten sich allmählich. Krüger trug einen dunklen Bart, der mittlerweile größere graue Stellen aufwies.

»Wir sollten nochmal rein«, sagte sie, und trat von einem Fuß auf den anderen. »Irgendwie habe ich das Gefühl, wir haben etwas übersehen!«

Statt einer Antwort nickte er nur zustimmend. Sie wandte sich ab und ging voran zurück zum Haus. Doch die erneute Begehung erbrachte keine weiteren Erkenntnisse, und so verabschiedete sich Krüger von Dr.

Birnbaumer, die den Abtransport der Leiche beaufsichtigen wollte.

Krüger fuhr nach Hause. Er wohnte in Hallgarten und besaß dort ein kleines Haus am Waldrand, in aller Abgeschiedenheit. Er setzte sich auf die Veranda, mit seiner Gitarre, und spielte einen traurigen Blues. Krüger war ein ziemlich guter Gitarrist und Sänger. In jüngeren Jahren hatte er in einer Band gespielt und gesungen. Sie waren erfolgreich gewesen und hatten eine Menge Spaß gehabt. Damals schien für Thomas Krüger ein anderes Leben möglich zu sein und in Reichweite zu liegen. Bis zu einem bestimmten Tag im Spätsommer.

Krüger blieb lieber für sich. Er hatte beschlossen, keinen mit seinen Problemen zu belasten. Er wollte sich niemandem zumuten. Wahrscheinlich war er deswegen auch nicht verheiratet oder überhaupt in einer Beziehung. Auch das war früher anders gewesen. Manchmal, wenn die Einsamkeit ihn umkreiste und belagerte, an den Rändern seines Bewusstseins nagte und er nicht schlafen konnte, dann betäubte er sich mit einem Whisky. Krüger kochte sich ein spartanisches Abendessen, das aus Nudeln mit Sauce bestand, und ging spät zu Bett, nachdem er in seinem Wohnzimmer mit dem gemütlichen Ofen noch einige Blues-Platten auf seinem analogen Schallplattenspieler gehört hatte.

In der Nacht schlief Krüger sehr unruhig, träumte von dem goldenen Tukan in der Wohnung von Luananda Onwuatuegwu. Der Vogel schlug wild mit den Flügeln und krächzte den Kommissar vorwurfsvoll an.

Am frühen Morgen betrat Krüger erneut das Anwesen der Villa Sicambria. Der Rhein lag wie ein graues Band in seinem Flussbett und stromaufwärts, in Richtung Mainz, ging gerade die Sonne auf. Sie verströmte ihr blass rosafarbenes Licht am Horizont. Im Dschungel von Luananda Onwuatuegwu war es still. Krüger ging direkt auf den goldenen Tukan zu und besah sich die Lampe von allen Seiten. Dann hob er den massiven Vogel an: Unten im Boden des Lampenfußes befand sich eine Aushöhlung und darin steckte ein Zettel. Der Kommissar zog ihn heraus und stellt die Lampe behutsam wieder ab. Er entfaltete das Papier und fand darauf einen Namen und eine Telefonnummer.

Etwas später saß Krüger an seinem Schreibtisch in der Polizeidienststelle. Er hatte die Nummer vom Zettel angerufen. Flomo Dauda hieß der Mann, dessen Telefonnummer mit der Vorwahl 00 245 nach Guinea-Bissau führte. Doch kaum hatte Krüger sich gemeldet, legte der auf.

Krüger holte sich einen Kaffee und grübelte. Dann rief er seinen langjährigen Freund und Kollegen Thorsten beim BKA an. Die beiden kannten sich noch aus der Ausbildung an der hessischen Polizeischule. Außerdem verband sie ihre gemeinsame Liebe zum Blues. Während Krüger Kommissar blieb, heuerte Thorsten beim BKA an und stieg zum Kriminaldirektor auf. Sie hatten beruflich nicht oft miteinander zu tun, trafen sich aber häufig zu Konzerten in der Scheuer in Idstein.

Jetzt lieferte Thorsten mithilfe seiner internationalen Kontakte Krüger den Hinweis: Im Fall von Luananda Onwuatuegwu könne es sich um ein Tötungsdelikt im Rahmen der internationalen Drogenkriminalität handeln. Nachdem die Männer sich verabschiedet hatten, telefonierte Krüger mit der UNODC in Wien, dem Büro der Vereinten Nationen für Suchtstoff- und Verbrechensbekämpfung. Er wurde zu Pia Gruber durchgestellt, die ihm aufmerksam zuhörte. Sie ließ ihm ein

PDF zukommen, in dem Krüger las, dass Guinea-Bissau in den vergangenen Jahren immer wieder Schlagzeilen gemacht hatte: als Nummer eins im Kokainhandel in Afrika. Während der Coronapandemie war die Nachfrage nach Kokain aus Kolumbien rasant angestiegen und Afrika im weltweiten Handel zum entscheidenden Drehkreuz geworden. Korrupte Zollbehörden, die mehr schlecht als recht Tausende Kilometer Küsten und Grenzen überwachen mussten, waren für die Drogenkartelle ideale Partner.

Krüger war fasziniert. Auf was war er denn hier gestoßen? Ihm kam es vor, als würde er beginnen, mit einem Stock in ein Wespennest zu stechen.

Er bestellte einen Kollegen mit einem Drogensuchhund und dazu ein Team der Tatortgruppe in die Villa Sicambria. Gemeinsam stellten sie die Wohnung von Luananda Onwuatuegwu auf den Kopf. Drogen fanden sie keine.

AM MAIN

MAIN ALLEIN
von Oliver Baier

Paul rannte.

Nicht nur die Sonne war verschwunden. Von jetzt auf gleich. Abgelöst von dunklen Wolken, einem Donnergrollen und drei grellen Blitzen.

Auch Cora musste verschwinden. Der Fön im Bad. Er lag so nah an der Wanne. Sie hatte ihre lackierten Fußnägel auf den Wannenrand gestellt. Zwischen diese vielen Duftkerzen.

Paul hustete.

Dieses Mal war der Strandkorb frei. Keiner mehr am Ufer des Mains. Endlich. Allein.

Die ersten Tropfen fielen vom Himmel.

Seine Sofakissen würde er im Blau-Weiß des Polsters beziehen lassen. Diese Sauerei mit den Flecken darauf. Die waren so nicht mehr zu gebrauchen. Auf der Sitzfläche des Strandkorbs lag noch etwas Sand.

Paul wischte ihn weg.

Er durfte nicht mehr hier sein, zog seine Füße aus den Flip-Flops. Zwischen seinen Zehen der Sand des Orange Beach. Die Flip-Flops konnten nass werden, wenn es gleich regnen würde. Er ließ sie vor sich im Sand liegen. Wenn er sich richtig in den Strandkorb schmiegte, blieb er trocken.

Paul blickte zurück.

Unter den Marktschirmen waren nicht mehr genug Sitzplätze frei. Einige der Gäste fanden keinen Platz und brausten auf ihren Rädern davon oder rannten zu den geparkten Autos in der Gutleutstraße.

Paul blieb.

Die Betreiber des Orange Beach, einem Wasserhäuschen mit Biergarten und Strand, schafften es gerade noch, ein paar Gläser und Teller abzuräumen, einige Marktschirme zu schließen und sich in das Innere des Ausschanks zu retten. Fast alle Gäste hatten sich in dem kleinen Schankraum in Sicherheit gebracht, bevor das Gewitter losbrach.

Paul wartete.

Im Strandkorb saß er sicher. Und zufrieden. Der Wind blies Richtung Main. Über ihm verlief eine Eisenbahnbrücke, auf der ein ICE in Richtung Frankfurt Hauptbahnhof schoss. Die Gleise dampften nach dem heißen Tag. An den Oberleitungen knisterte der Strom. Die Räder des Zuges zischten schrill in der Kurve. Wenn die Lok hier durch die Brücke brach, würde es ein Teil des Zuges nicht an Land schaffen und die Lok wie den Kopf eines verwundeten Drachens in die Tiefe ziehen.

Paul überlegte.

Der Main war nicht tief genug, um einen Zug zu versenken. Es zischte in seinem Kopf. Wie bei einer Kettensäge, die sich in Stahl fräste – und verlor. Oder über die Keramik in seinem Badezimmer glitt – schnitt.

Der Regen prasselte auf den Main. Die Tropfen schlugen ein, wie Hagelkörner. Ans Ufer schlüpfte ein Schwan, der sein Gefieder aufblähte. Er schien an Land Schutz zu suchen. Das nutzt dir nichts, Junge, heute wird jeder nass – bis auf mich, dachte Paul.

Paul schmunzelte.

Er könnte sich in den Regen stellen und alles von sich abwaschen. Den ganzen Schmutz und die Sorgen. Den Hass. Dann wäre er frei. Ein Pärchen lief prustend davon. Er, Mitte vierzig und mit Glatze, hatte die Jacke über den Kopf seiner Freundin gelegt. Sonst würde ihre Frisur ruiniert. Auf seiner Glatze perlten die Tropfen ab. Auch der letzte Marktschirm hatte seinen Geist aufgegeben. Nicht nur der.

Paul überlegte.

Am gegenüberliegenden Ufer standen Zelte und dümpelten ein paar Schiffe und Hausboote. Vertäut an kleinen Holzmolen mit grünem Moos. Die kabbeligen Wellen rüttelten daran. Zogen am Tau. Vielleicht war das Holz brüchig. Pauls Uhr zeigte 15.30 Uhr. Draußen nur Kännchen. Wenn er daheim wäre, gäbe es Mohnschnitte. Das Kuchenmesser lag immer gut in seiner Hand. Der Griff war nun leider abgebrochen. Er hatte es im Restmüll entsorgt.

Paul schluckte.

Von einem der Hausboote, an dessen Fenstern schiefe Gardinenstangen wackelten, rannten zwei Gestalten in Mänteln zu den Zelten am Ufer. Der Wind blähte die Planen auf. Sie kamen zu spät. Eines der Zelte zerfetzte. Ein Teil wurde auf den Main geweht und schwamm davon. Wie eine grüne Jacke aus Ballonseide. Der Fetzen blieb nur kurz auf dem Wasser, sog sich voll und sank auf den Grund des Mains. Für immer.

Paul lächelte.

Cora trug nie Ballonseide. Sie war eher der Baumwolltyp. Eine Plastiktüte voll Stoff hatte er in seinen Rucksack gepackt. Rote Flecken dort, wo ihre Brust den Pullover gewölbt hatte. Sie waren noch ganz frisch. Die Flecken. Wie die Inselgruppe der Kanaren auf weißem Grund.

Paul lachte.

Das Wasser in der Badewanne musste mittlerweile

kalt sein. Cora auch. Wenn er sie darin liegengelassen hätte.

Sie wollte immer an den Main. Den Wunsch würde er ihr erfüllen. Wenn auch nur in Teilen.

Paul seufzte.

Sollte er den Rucksack direkt in den Main werfen? Kein Fleck. Kein Wort. Keine Cora. Es war so schön ruhig ohne sie. Er könnte in sein Auto steigen und bis zum Abend durchfahren. Oder schon am Bodensee anhalten. Eine kleine Abschiedstour, die hier mit dem Rucksack begann.

Paul erschrak.

Sein Handy vibrierte. Das musste er als nächstes entsorgen.

Wo bleibst du mit der Mohnschnitte. Nie machst du was richtig.

Den Scheißpulli musste er noch zur Reinigung bringen. Und ein neues Kuchenmesser besorgen. Heute Abend war sie fällig.

Oder morgen.

DIE MACHT DER ANGST
von Susanne Kronenberg

Unbekannter Toter am Kostheimer Mainufer aufgefunden. Männlich, ca. 20 Jahre. Liegezeit im Wasser: vermutlich mehrere Tage.

Die Meldung erscheint am Freitagnachmittag auf dem Bürobildschirm.

Jens Mohlenkamp war mit einem Hochgefühl in die Woche gestartet. Er gehörte einer Kommission von Mainzer und Wiesbadener Polizeibeamten an, die sich für die Zusammenarbeit der Behörden stark machte, und war vor kurzem zu deren Koordinator berufen worden. Am Montag hatte die Gruppe zum ersten Mal unter seiner Leitung auf der Mainzer Seite getagt. Anschließend war er mit dem Team zum Abendessen in ein Restaurant am Rheinufer eingekehrt. Sie hatten mit Champagner angestoßen – auf seine Kosten. Jens beließ es bei einem Glas, weil er noch fahren musste. Über die Theodor-Heuss-Brücke hinüber nach Mainz-Kostheim.

Gegen Mitternacht hielt er vor seinem Haus in der Kostheimer Altstadt. Kein Licht. Karin ging gern früh zu Bett. Noch immer in Hochstimmung, schlich er sich in den Flur. Seine Laune war euphorisch, an Schlaf nicht zu denken. Kurz entschlossen verließ er das Haus wieder und spazierte durch die laue Nachtluft hinunter zum Mainufer. Der Platz am Weinbrunnen lag verlassen da, spärlich von einer Straßenlaterne beleuchtet. Die Konturen des Weinprobierstands zeichneten sich kantig gegen den blauschwarzen Himmel ab. In das Zirpen der Grillen mischte sich das sanfte Schlagen der

Wellen gegen den Kiesstrand der kleinen Bucht, die nur wenige Schritte gegenüberlag.

Es hatte Zeiten gegeben, da hätte er sich nicht einmal tagsüber an einen einsamen Ort gewagt. Nach dem Angriff war er nicht mehr er selbst gewesen. Ein junger Kerl hatte einen Rentner belästigt, ihn mit einem Messer bedroht, und Jens, der zufällig dazugekommen war, die Klinge ohne Vorwarnung in die Seite gerammt. Es folgten Monate lange Aufenthalte in Kliniken und Rehaeinrichtungen. Die Wunden heilten, die Schmerzen verschwanden. Was blieb, waren Panikattacken und rastlose Nächte. Wie oft hatte er kurz davorgestanden, alles hinzuwerfen. Sich von der Welt abzuschotten und in sich selbst zu verkriechen. Trotzdem hatte er nicht aufgegeben, sich durchgebissen. Die aktuelle Ernennung bedeutete ihm weit mehr als eine weitere Stufe auf der Karriereleiter. Man traute dem Kriminalhauptkommissar, der beinahe zerbrochen wäre, doch noch etwas zu.

Stimmen schreckten ihn auf. Die rauen, kehligen Rufe junger Männer. Angetrunkene junge Männer. Er spürte, wie sich seine Nackenhaare sträubten. Wie der Puls anzog und die Hände feucht wurden. Da war sie wieder, die Panik! In das Gefühl des Ausgeliefertseins mischte sich Wut. Wut auf die jungen Kerle, die seine Angst anstachelten. Und noch mehr Wut auf sich selbst, der sich wie ein Kind hinter dem Weinbrunnen verkroch, während die Horde von vier, nein, fünf Männern pöbelnd und grölend näherkam. Kräftige Gestalten mit Bier- und Schnapsflaschen in den Fäusten, die einen schmalen Jungen in ihrer Mitte herumschubsten. Für einen Moment fing sich der Lampenschein in dessen hellem, schulterlangem Haar und machte das Mainz

05-Trikot erkennbar, dessen leuchtendes Rot im Halbdunkel nur zu ahnen war.

Der Fußballfan spielte mit, als wäre alles nur ein derber Spaß. Dennoch, die Gefahr lag in der Luft: Gleich könnte die Stimmung kippen, der Übergriff ernsthaft werden. Schon begann der Gemobbte zu jammern und wild um sich zu hauen, was hämisches Gelächter und noch aggressivere Hiebe provozierte. Jens musste eingreifen. Die Burschen zur Raison bringen. Dem Opfer beistehen.

Seine Beine gehorchten ihm nicht. Endlich zog sich die Gruppe in die Bucht zurück und wurde von der Dunkelheit verschluckt. Aus der Sicht hieß nicht: aus der Wahrnehmung. Das Grölen wurde lauter, das Geschrei des Jungen verzweifelter.

Aufplatschendes Wasser. Das panische Kreischen des Jungen.

»Der ist verschwunden!«, brüllte einer. »Abgesoffen, verdammt!«

»Los, weg hier!«

Hastige Schritte im Dunkeln, vorbeihuschende Gestalten.

Als sie fort waren, erbrach er sich in den Weinbrunnen. Er fand nicht die Kraft, zum Ufer zu gehen. Eilte nach Hause, rannte beinahe. Legte sich ins Bett. Fand keinen Schlaf.

Kriminalhauptkommissar Jens Mohlenkamp starrt auf den Bildschirm. *Unbekannter Toter am Kostheimer Mainufer ...*

Endlich greift er zum Telefon und wählt eine Wiesbadener Nummer. Mainz-Kostheim ist, anders als der Name vermuten lässt, ein Stadtteil der hessischen

Landeshauptstadt. Anton Berger meldet sich. Er hatte am Montag mitgefeiert.

»Der Tote vom Kostheimer Ufer ...«, beginnt Jens. »Ich hätte dazu etwas zu sagen.«

»Unterstützung ist uns willkommen! Wir haben erste Erkenntnisse. Er ist nicht ertrunken.«

»Sondern?«, fragt Jens gepresst und darum bemüht, die Anspannung im Zaum zu halten.

»Sieht nach einem Verkehrsunfall aus. Der Junge wurde überfahren, man hat den Toten im Wasser entsorgt, furchtbar! Warte mal ... hier habe ich's: kräftige Gestalt, dunkle Haare, blaues Hemd, Jeans.«

Jens stöhnt vor Erleichterung.

»Alles ok?«, fragt Anton verwundert. »Was hast du zu dem Fall?«

»Hat sich erledigt!«

Jens möchte aufspringen und sich die Erleichterung von der Seele brüllen. »Sein« Mainz 05-Fan hat sich retten können. Diese ganze Seelenpein der vergangenen Tage: unnötig wie die Pest.

»Viel Erfolg bei den Ermittlungen, Anton. Melde dich, wenn wir helfen können.«

»Du mit deiner Erfahrung«, gibt der Wiesbadener Kollege anerkennend zurück. »Ich freue mich auf die Zusammenarbeit ... entschuldige, ich bekomme gerade eine aktuelle Meldung rein. Ein zweiter Toter, vor der Maaraue rausgefischt.«

Jens schluckt gegen den Kloß im Hals an. »Besondere Kennzeichen?«

»Schulterlanges, blondes Haar, und er trug ein Trikot von Mainz 05 ... Jens? ... Jens, bist du noch da?«

Jens Mohlenkamp antwortet nicht.

EIN STILLER TOD
von Thorsten Weiß

Von der benachbarten Grillwiese zieht der Duft frisch gerösteten Fleisches herüber. Elyas liegt neben seiner Freundin Vanessa auf einer Decke im LILU am Main und schaut in den Himmel. Der Wohlgeruch lässt ihn in der einsamen Wolke, die durch das lichte Laub der Bäume schimmert, ein Brontosaurussteak aus den *Flintstones*-Filmen erkennen. Sein Magen knurrt vernehmlich.

»Hey, du hungriger Wolf.«

Sanft berührt Vanessa seinen Bauch, fährt mit den Nägeln langsam über Brust und Kinn aufwärts zu den Lippen. Er schnappt nach einem Finger und hält ihn zärtlich zwischen den Zähnen. Greift die Hand und küsst sie, erst den Handrücken, dann jedes einzelne Fingerglied. Er liebt seine Vava, auch wenn sie ebenso kompliziert wie schön ist. Und dass sie ihn, den ungelenken Computernerd, liebt, das liebt er am allermeisten an ihr.

»Jetzt ist aber gut, du Vielfraß.« Sanft entzieht sie ihm die Hand, greift unter seinen Nacken und schüttelt ihn zärtlich. »Nicht alles auf einmal.«

Tief aus seiner Kehle lässt Elyas das wohlige Schnurren eines mit sich und der Welt zufriedenen Katers ertönen. Vava ist ihm nicht mehr böse. Was kürzlich anders war, wegen Aylin. Obwohl er mit der weder geflirtet und erst recht nichts angefangen hatte. Es hatte ihm einfach gefallen, wie sich dieser gut gelaunte Sonnenschein in den Pausen zwischen ihren Seminaren lachend mit den Fingern durch die Haare fuhr, mehr nicht. Vava war total fuchsig. Sie lamentierte, dass er sie verlassen werde, abstoßend und hässlich, wie sie sei. Egal, was er sagte, es half nichts. Bis er sich schweren Herzens von Aylin zurückzog.

Elyas setzt sich auf. »Los, Vava, lass uns schwimmen gehen.«

»Bist du noch ganz schussecht, Ely?«

Vanessa fährt hoch, Gänsehaut bildet sich auf ihren Armen und sie fröstelt. Sie ist der mit Abstand wasserscheueste Mensch, den er kennt. Zumal das LILU kein Freibad, sondern ein Licht- und Luftbad ist. Niemand schwimmt hier, außer der Wasserratte Elyas.

»Aber so, wie dein Magen knurrt, brauchst du ein paar Kalorien. Nicht, dass du entkräftet im Fluss versinkst.«

Schon hat er eine Flasche mit einer bräunlichen Flüssigkeit vor der Nase. Einer von Vanessas berüchtigten grünen Smoothies. Jetzt ist es an ihm zu frösteln, geht er dem angeblich gesunden Gesöff sonst tunlichst aus dem Weg.

»Och nö, Vava, kein Smoothie. Lass uns lieber Bratwurst oder Kuchen im Ponton holen.«

»Und meine Diät? Kommt überhaupt nicht in Frage. Keine Widerrede, Ely. Ohne Smoothie kein Schwimmen. Such's dir aus.«

Elyas kapituliert. Mit einem schiefen Grinsen greift er zu und zwingt sich, einen Schluck zu nehmen. Was für ein widerliches Zeug, er schüttelt sich. Wie Vava das trinken kann? Er reicht ihr den Rest.

»Nichts da! Du hast ja kaum was genommen. Jetzt hab dich nicht so, grüne Smoothies sind lecker und gesund. Du bekommst auch einen Kuss, wenn du alles austrinkst.«

Todesverachtend setzt Elyas erneut an und leert die Brühe in einem Zug.

»Bäh, was hast du denn da zusammengemixt? Brennnesseln und Baggermatsch?«

Er stellt die Flasche ab und legt sich wieder hin.

»Brennnesseln sind sehr bekömmlich. Aber das ist ein Sommer-Smoothie mit Löwenzahn, Gänseblümchen, Klee, Pak Choi, Mango und Banane.«

Und mein Kuss? Elyas hat den Gedanken noch nicht ausgesprochen, da liegt Vanessa auf ihm, umfasst sein Gesicht mit beiden Händen. Sanft saugt sie an seinen Lippen, dringt tiefer, fordert seine Zunge zum Tanz, erkundet jeden Millimeter seiner Mundhöhle, immer hitziger ... bis sie sich unvermittelt löst.

»Geh schwimmen.«

Sind das Tränen in ihren Augen? Zärtlich berührt er ihren Oberarm.

»Vava, was ist?«

Ruckartig schüttelt sie ihn ab. Ein Beben durchläuft ihren Körper.

Elyas ist verwirrt. Er kann Vanessa doch so nicht alleine lassen.

»Alles gut! Geh schwimmen, Ely.«

Sie wendet ihm ihren steifen Rücken zu und räumt geschäftig in der Badetasche. Achselzuckend erhebt er sich. Vava und ihre Launen. Langsam trottet er zum Wasser, halb darauf wartend, dass sie in zurückruft. Am Main beginnt er zu rennen, in den anfangs seichten Fluss, springt dann kopfüber ins Nass, die eisige Kälte ignorierend. Verwirrung und Frust legt er in seine Schwimmzüge, erreicht bald die Flussmitte, stoppt und blickt zurück zum LILU. Vanessa sitzt auf ihrer Decke, wie er sie zurückgelassen hat. Unsicher hebt er den

Arm und winkt. Keine Reaktion. Verstehe einer die Frauen, Elyas tut es nicht.

Trotzig wirft er sich herum, um weiter zum anderen Ufer zu schwimmen, als ein Schmerz sein rechtes Bein durchschießt. Ein Krampf. Jetzt ruhig bleiben, in Rückenlage gehen und die Fußspitze des krampfenden Beins zum Körper bewegen. Er streckt den Arm aus, als ihn ein erneutes Ziehen durchfährt. Auch sein rechter Arm krampft. Wieso bekommt er zwei Krämpfe auf einmal? Panik macht sich in ihm breit. Sein Herz schlägt wild, kurz taucht sein Kopf unter Wasser. Die Strömung zerrt ihn flussabwärts. Er ist dem Sog ausgeliefert. Noch reicht seine Kraft, das Gesicht über dem Wasserspiegel zu halten, doch sein schwimmfähiger linker Arm wird immer schwerer. Erneut sinkt er ab, kämpft aufwärts Richtung Licht, will atmen, Wasser strömt in seine Kehle. Er verschluckt sich, hustet, verliert jede Orientierung. Seine Lungen schreien nach Sauerstoff, aber statt Luft schießt der nächste Wasserschwall in seinen Körper.

Auf ihrer Decke im LILU kauert Vanessa wie ein Häufchen Elend. Ihre Schultern beben, ihr Schluchzen klingt, als würde sie daran ersticken. Tränen rinnen über ihre Wangen. Als sie aufsieht, mit tränenverschleiertem Blick durch die Uferbäume auf den Main schaut, erkennt sie, wie Ely in der Mitte des Flusses versinkt. Sie will ihn fest umarmen und nie wieder loslassen. Doch er hat sie als das entlarvt, was sie immer war: ein unförmiges, hässliches, dummes Nichts. Und sich längst für Aylin entschieden. In ihrer Fantasie stehen die beiden händchenhaltend vor ihr, lachend, verliebt, ein Traumpaar. Sie meint den Abscheu im Blick ihres Elys zu erkennen, wenn der sich fragt, was er einmal an ihr fand. Eine Blenderin ist sie, weiter nichts. Sie liebt Elyas stärker als je zuvor, wird ihn ewig lieben. Er darf sie nicht verlassen, nicht wegen Aylin, niemals. Vava und Ely unvergänglich, wie sie es sich mit ihrem Liebesschloss geschworen haben. Ab heute lebt Ely in ihrem Herzen.

Vanessa erhebt sich und räumt die Sachen zusammen, Elyas' Kleidung, die Decke. Bevor sie sich auf den Heimweg macht, spült sie die leere Smoothieflasche im Flusswasser aus. Schwemmt die Reste von Löwenzahn, Gänseblümchen, Klee, Pak Choi, Mango und Banane davon, ebenso die darin gelösten Sättigungskapseln, Fatburner, Fettblocker und Kohlenhydratblocker, die sie Elyas heimlich verabreicht hat. Sie blickt auf den Main und schlingt die Arme um ihren Oberkörper, liebkost ihren Ely, fühlt ihn nah bei sich.

»Jetzt sind wir für immer zusammen.«

Und ist stolz, wie weit hinaus in den Fluss er es trotz der hohen Dosis dehydrierender und muskelschädigender Mittel geschafft hat, bevor deren Wirkung im kalten Wasser unvermeidlich erst zu Krämpfen und schließlich zum Ertrinken führte.

AM FLUSS

DIE RUHESTÖRUNG
von Arri Dillinger

Sie kommt aus dem Stall. Steht still auf dem gepflasterten Hof. Spitzt die Ohren. Es ist kurz vor zehn. Gleich wird es losgehen, sie kann die Uhr danach stellen. Er wird dann aus dem Bett gekrochen sein, seine Flasche mit Korn halb ausgetrunken haben, um sich in die Schleife von Jaulen, Fluchen und Brüllen zu begeben. Ist er beim Brüllen angekommen, wird er breitbeinig und schwankend nach draußen kommen und »Alina« schreien.

Sie hatte am Anfang einmal versucht, sich davonzumachen, war hinter die Scheune gelaufen, hatte nicht geantwortet. Das war ihr schlecht bekommen. So besoffen Walter auch am frühen Morgen noch war, konnte er doch plötzlich umschalten, sich behände und schnell bewegen und finden, was er suchte. Sie hatte seine Faust kommen sehen und keine Chance gehabt auszuweichen. Danach wagte sie sich eine ganze Zeit nicht mehr nach draußen, wollte nicht mehr einkaufen gehen.

So hatte sie sich das Ganze nicht vorgestellt, als sie vor einem Jahr in Kiew diesen Deutschen über eine Agentur kennengelernt und geheiratet hatte. Er war ihr nicht sympathisch gewesen, aber das war ihr damals vollkommen gleichgültig. Sie wollte nur fort aus ihrem engen Dorf, aus der Armut, wollte ab und zu ihrer Mutter etwas Geld schicken können. Dafür war ihr jeder, auch dieser Walter, recht gewesen. Und als Walter ihr dann erzählt hatte, dass sein Hof am Rande von Frankfurt lag, war sie sofort mit ihm einverstanden. Frankfurt, die große Stadt. In einem Café sitzen, bummeln, ausgehen. Das waren die Bilder in ihrem Kopf. Darauf hatte sie sich gefreut.

Doch nun ist sie eingesperrt auf diesem verkommenen Hof, mit mageren Pferden und einigen Sauen, die sie zu versorgen hat, mit dem Schmutz und Dreck vieler Jahre in allen Ecken und vor allem, eingesperrt mit Walter. Die Arbeit im Stall, Einkaufen in Berkersheim, ab und zu ein von Walter genehmigter Besuch bei Marisa, die sie vor einigen Monaten im Nahkauf kennengelernt hat, das ist jetzt ihr Leben.

Manchmal, wenn sie es gar nicht mehr aushält, schleicht sie sich an die Nidda, diesen kleinen Fluss, der Walters Grundstück auf der Rückseite begrenzt und der der einzige Ort ist, den sie hier liebt. Jetzt im November ist das Unkraut am Ufer braun und niedrig. Kleine Wassertropfen hängen an kahlen Stielen, die sie manchmal zärtlich mit dem Finger abstreift. Hier hockt sie, wenn sie weiß, dass Walter vor sich hindämmert. Und hier beschließt sie, zu handeln.

Marisa, die aus Russland stammt und deshalb ihrer Seele nah ist, kennt da jemanden. Sie hat es ihr einmal gesagt, vor ein paar Wochen, als sie trotz Walters Verbot zu ihr geflüchtet war. Sie hat es ihr gesagt, unaufgeregt und wie nebenbei, und dann haben sie über etwas anderes geredet.

Eine Alina hat angerufen. Olek kennt die Geschichten von Frauen wie Alina. Sie ähneln sich alle und am Ende soll er einen Ehemann beseitigen. Kein Problem. Töten ist sein Job. Satte zehntausend Euro bekommt er. Er hat Agnes und die Kinder vor Augen, wie sie sich freuen, wenn das Geld kommt. Agnes kann sich endlich den Wintermantel kaufen, von dem sie ihm vorgeschwärmt hat. Die Frau hat ihm die Adresse und Beschreibung des Hofs gegeben. Die Hälfte des Geldes ist übergeben, der Tag festgelegt. Die Frau wird bei ihrer Freundin sein. Sie hat die Erlaubnis, ja geradezu den Befehl ihres Mannes, der am Abend eine dieser speziellen Männerrunden hat, so erzählte sie ihm. Der frühe Morgen sei perfekt, da wird er noch betrunkener sein als sonst.

Er hat sich die Gegend schon angeschaut. Von vorne will er nicht zum Haus. Die schmale Zufahrtsstraße bis zum Grundstück ist ausgefahren und hat Senken und Löcher. Das will er seinem Auto in der morgendlichen Dunkelheit ohne Licht nicht zumuten. Außerdem stehen Wohnwagen in der Nachbarschaft, aus denen er Leute hat kommen sehen.

Er glaubt zwar nicht, dass so früh am Morgen jemand unterwegs ist, aber man muss das Schicksal nicht herausfordern. Er wird den Fluss nutzen. Das Schlauchboot hat er am gegenüberliegenden Ufer abgelegt, jenseits der Bahnlinie, in dem aufgegebenen verwilderten Schrebergarten. Die perfekte Stelle. Hier kann er die Nidda überqueren und am hinteren Grundstück anlegen.

Alles läuft wie geplant. Den Transporter hat er abseits an den Schienen geparkt. Das Boot wird er nach getaner Arbeit am Ufer zurücklassen. Man wird es nicht zu ihm zurückverfolgen können. Dafür hat er gesorgt.

Olek stapft durch das regenschwarze Laub, vorbei an der dunklen Silhouette aufgeschichteter Äste, durch hohes Gras, das seine nassen Peitschen einsetzt, um Hose und Schuhe zu durchtränken. Aber das macht nichts. Es beginnt zu dämmern, die Welt wird grau, ist nebelgeschwängert und feucht. Stille, nur der Fluss macht leise gluckernde Geräusche. Er umfasst seine Eisenstange fester. So wie immer wird er es machen. Oft erprobt. Erst einen festen Schlag mit der Stange auf den Schädel, dann wird er schießen. Das mit der Stange muss er machen. Allein die Vorstellung, dass ihn das Opfer beim Töten anschaut, lässt ihn schaudern. Nein, nein, alles, nur das nicht. Einmal, ganz früher, ist ihm das passiert. Er hätte fast seinen Beruf aufgegeben. Aber hat das Opfer die Augen geschlossen, liegt vor ihm kein Mensch mehr, und er kann seine Arbeit erledigen.

Leise taucht er die Ruder ins Wasser und überquert den Fluss, der an dieser Stelle gar nicht so schmal ist. Am anderen Ufer zieht er das Boot hoch, richtet sich auf und lauscht. Nichts.

Langsam geht Olek zur Rückseite des Hauses und durch die Tür, die für ihn offengelassen wurde. Die Treppe zum ersten Stock hinauf. Zweites Zimmer links, wie er weiß. Geräuschlos tritt er ein. Die Ausdünstung des Mannes nimmt ihm den Atem. Die Gestalt im Bett dreht sich unruhig hin und her. Ohne zu zögern schlägt Olek zu.

Der Mann gibt keinen Laut mehr von sich, liegt unbeweglich auf dem Rücken, mit ausgebreiteten Armen, als würde er ihn freundlich begrüßen wollen. Jetzt schießt Olek. Das eindringende Projektil lässt den Körper hochzucken, so wie er es kennt.

Verflucht! Was ist das? Oleks Kehle wird eng. Panik steigt in ihm auf. Der Kerl ist durch seinen Schuss aufgewacht. Er hebt jetzt den Kopf und stiert ihn mit seinen wässrigen Säuferaugen strafend an. Olek versucht verzweifelt von diesen Augen wegzukommen, abzuhauen, doch so sehr er sich anstrengt, er kann sich nicht rühren. Auch als er sieht, dass der Mann auf dem Bett den Telefonhörer ergreift, steht er noch immer wie eingefroren da.

Was ist das jetzt? Scheiße! Walters Kopf brummt und schmerzt und sticht. Seine Brust tut weh, sein Herz pocht dumpf. Die Nacht war lang, die Kumpels, der Schnaps, ja, und auch das andere war nicht schlecht. Er stöhnt. Aber, aber ...

Da hat ihn doch jemand geweckt? Eine heiße unbändige Wut überkommt ihn, wie immer, wenn geschieht, was er nicht angeordnet hat. Alina, dieses Miststück, denkt er. Er richtet sich halb auf und starrt genauer hin.

Eine Person steht vor seinem Bett. Doch das ist nicht Alina, so viel wird ihm klar, das ist jemand, den er nicht kennt. Was denkt sich dieser Idiot? In mein Haus zu kommen? In mein Zimmer? Er schnaubt verächtlich. Na warte, Freundchen, das wird dir noch leidtun, mich aus dem Schlaf zu reißen! Ächzend ergreift er den Hörer neben seinem Bett und ruft die Polizei.

»Es geht um eine verdammte Ruhestörung!«, brüllt er zornig ins Telefon, gibt Name und Adresse an und legt auf.

»Verdammte Ruhestörung!«, krächzt er. Erst jetzt sieht er, dass sein Hemd ganz blutig und der fremde Mensch verschwunden ist.

»Verdammte Ruhestörung!«, murmelt er noch, bevor er zurück in die Kissen sinkt und die Augen schließt.

WILDWEIBCHENS LEY
von Ute Schusterreiter

Beglückt saugte Sina die frische Nachtluft ein, einen erdigen Duft, vermischt mit dem Aroma von Laub und feuchtem Moos. Die letzten Schritte lagen vor ihr, glitschige Stufen, die die Natur in den Schieferfelsen gefaltet hatte. *Wildweibchens Ley*, da wollte sie hin, mitten in der Nacht, ohne Taschenlampe und vor allem: allein!

Kurz hielt sie inne und schaute in den verhangenen Himmel, hinter dessen dunkelblau bewegter Wolkendecke ein Sichelmond zu ahnen war.

Frau Hulda sendet ihren Segen, dachte sie und lächelte, aber dann: ein Rascheln, Schritte im Laub, unterhalb des Felsens, direkt am Entelsbach.

Sina fuhr zusammen, glitt aus und wäre fast den Abhang hinabgestürzt. Sie hielt den Atem an und lauschte. War da jemand? Um Mitternacht, tief im Wald, fernab jeder Straße? Sie krallte ihre Finger in den Felsen, jetzt hatte die Angst sie doch gepackt, die stete Begleiterin der Frauen, jedenfalls nachts im Dunklen.

Dabei war es ihr Plan gewesen, diese dämliche Furcht zu besiegen. Sie wollte sich etwas trauen mit dieser Nachtwanderung und zu dem magischen Ort hinaufsteigen, an dem der Sage nach ein wildes Weibchen gewohnt haben soll, eine Salige der Göttin Holle, Beschützerin der Frauen.

Ihre Augen suchten nach einer Bewegung. War da ein Schatten? Quatsch, sicher nur Einbildung.

Sie wollte gerade aufstehen, da hörte sie wieder ein Geräusch, es kam von unten, direkt vom Bach.

Im selben Augenblick rief eine heisere Männerstimme: »Hey, ist da wer?«

Also doch, und er hatte sie ebenfalls gehört! Sinas Adern füllten sich mit Blei. In Zeitlupe und mit pochenden Schläfen kletterte sie das letzte Stück zur Höhle hinauf, in die Wohnung der wilden Frau oder besser: in deren Diele, denn viel breiter war der Felsenraum nicht. Was sollte sie jetzt tun? Hilflos kauerte sie sich auf den Boden. Der Mann war unten am Bach, vielleicht nur ein Nachtangler, der vom Wispersee hierher gewechselt hatte, warum auch immer.

Eine Weile lauschte sie auf Geräusche, hörte aber nur den Wald: das Rauschen der Bäume, das Plätschern des Baches, den Ruf des Kauzes und das Rascheln von Mäusen im trockenen Laub. Vorsichtig krabbelte sie zurück zum Höhleneingang und spähte um die Ecke. Unten am Wasser tanzten die Lichtkegel zweier Taschenlampen. Da war also noch jemand! Sina hörte die Männer streiten.

»Ich hab das Geld hier vor zehn Jahren vergraben, ich allein hab mich hier abgeschuftet, während du deinen Posten verlassen hast und ich deswegen fast den Bullen in die Arme gelaufen wäre!«

»Ach, spiel dich nicht so auf! Es hat doch am Ende alles geklappt. Es war mein Plan, und er war gut! Wie also kommst du darauf, dass dir plötzlich ein größerer Anteil zusteht? Nur weil du ein bisschen gebuddelt hast?«

Die Männer begannen zu kämpfen, Sina erkannte es am irrlichtern ihrer Taschenlampen.

»Mistkerl, ich bring dich um. Gar nichts bekommst du, nichts!«

Sina hörte ein hartes Platschen, einer der beiden musste ins Wasser gefallen sein. Sie starrte den Felsen hinab, es war stockdunkel und kaum etwas zu erkennen. Eine der Lampen beleuchtete schwach den Bach, das andere Licht hielt direkt auf sie zu. Sina zuckte in die Höhle zurück. *Göttin, hilf mir!* Sie schloss die Augen. Was für eine bescheuerte Idee, nachts allein durch den Wald zu laufen. Der Typ, dessen Schnaufen sich stetig näherte, hatte sie vorhin mit Sicherheit gehört, so wie sie ihn! Jetzt wollte er nachsehen, wer sein Geheimnis kannte und verraten würde.

Rückwärts tastete sie sich tiefer in die Höhle, bis sie an der Rückwand einen schmalen Spalt entdeckte. Sie hatte sich schon fast hindurchgeschoben, als der Strahl der Taschenlampe sie erfasste. War es jetzt aus? Für den Bruchteil einer Sekunde setzte ihr Herzschlag aus, doch dann erinnerte sie sich: *Wildweibchens Ley*, das war der Ort, an dem einst ein hilfsbereites Waldfräulein den Tod fand, weil sie auf den moosigen Stufen ausgeglitten war, gejagt von einem Mann.

Nicht mit mir, dachte Sina und kratzte all ihren Mut zusammen. Mit ihrer tiefsten Stimme stieß sie dem Fremden einen wilden Laut entgegen.

»Hier ist Wildweibchens Ley«, grollte sie und glaubte tatsächlich für einen Augenblick, das Lächeln der Göttin wahrzunehmen.

Der Mann schrie ebenfalls. Vor Schreck ließ er die Lampe fallen, wich hastig zurück, stolperte und fiel rückwärts die felsigen Stufen hinab.

Sina schluckte. Vor ihr auf dem Boden lag eine schwarze Nylontasche. Ein paar Geldscheine schauten aus dem halbgeöffneten Reißverschluss hervor. Mit zitternden Händen griff sie nach der Diebesbeute und drehte sich dem Spalt entgegen. Im nächsten Moment rissen die Wolken auf, und der Mond beleuchtete die schmale Pforte. Wie ein Geburtskanal lag sie da, wie die illuminierte Vulva der Mutter Erde selbst. Sina kletterte hinaus und fühlte sich wie neu geboren. Sie hatte ihre Angst besiegt und in ihren Händen hielt sie die Belohnung.

Am Bach

KURZE ABHANDLUNG ÜBER DEN FISCHBESTAND IM RENATURIERTEN KLINGENBACH ZU WIESBADEN-BRECKENHEIM
von Nellie Elliot

Es schwamm ein Immobilienhai
an einem schnieken Haus vorbei,
das stand am schönen Klingenbach.

Der Hai begann zu singen: »Ach,
mich packt die Immobiliengier –
bald gehört dies Häuslein mir!
Was tut's, dass darin Leute wohnen,
die werde ich bestimmt nicht schonen …
Bald zieh'n die aus, das sei gewiss –
dafür sorgt schon mein Haigebiss!«
Und mit fiesem Haifischlachen
tat er einen Plan sich machen.

Doch saß an Klingenbächleins Ufer
Arthur, der war von Beruf her
ein Kriminalhauptkommissar.
Verkatert stellte er gleich klar:
»Bei meinem Schnurrbart schwöre ich:
Diesen Plan zerstöre ich!«

Er schlich sich an, ganz leis' und sacht
und dacht': »Gleich hast du ausgelacht!«
Überraschend traf die Tatze
mitten in die Haifischfratze.
Der Kampf war kurz, der Hai schnell tot,
der Klingenbach bald dunkelrot.

Der tote Fisch verfing sich tief,
wo's Bächlein um die Kurve lief.
So wurd' er selber immobil
(was Kater Arthur gut gefiel).

So kommt's, ihr lieben Leute,
dass im Klingenbach bis heute
manches Fischlein schwimmt vorbei –
doch nie ein Immobilienhai!

DER SPAZIERGANG
von Franziska Franke

Pia ärgerte sich über sich selbst. Wieso hatte sie sich von Beate bequatschen lassen, um sich mit einem Bekannten deren neuen Partners zu treffen? Und das mitten im Winter im Taunus! Nur weil dieser Peter, wie Beate meinte, zu ihr passe. Nun stand Pia bibbernd vor dem Café in Schlangenbad. Der Kurort versank im Schnee, und es war bitterkalt. Dieser Mensch war auch noch unpünktlich, falls er sie nicht sogar wegen der Kälte versetzte.

Ich warte noch fünf Minuten, dann gehe ich, nahm sie sich vor.

Kaum hatte sie diesen Gedanken formuliert, sah sie einen attraktiven Mann um die 30, der das Café ansteuerte.

Er war zwar nicht von mittlerer Größe und aschblond, wie ihn Beate charakterisiert hatte, sondern hochgewachsen und hatte welliges blondes Haar. Aber mit etwas gutem Willen entsprach er der Personenbeschreibung. Er blieb vor dem Fenster stehen und schaute ins Café hinein. Zumindest tat er so. Pia war sich sicher, dass er sie aus den Augenwinkeln beäugte. Er sah sympathisch aus, schien aber schüchtern zu sein, denn er sprach sie nicht an.

Pia fasste sich ein Herz und ergriff die Initiative. Schließlich wollte sie nicht erfrieren.

»Peter?«, vergewisserte sie sich.

Der Unbekannte zögerte einen Augenblick und nickte.

Ich gefalle ihm nicht, durchfuhr es Pia.

»Wir sollten uns reinsetzen«, schlug sie trotzdem vor. »Hier draußen ist es mir zu kalt.«

»Ich gehe lieber etwas spazieren«, entgegnete Peter und wies mit einer einladenden Geste zur Grünanlage im Herzen der Kurstadt. »Wenn man sich bewegt, friert man nicht so sehr.«

Pia willigte ein, obwohl sie sich auf ein Stück Kuchen gefreut hatte. *Typisch Frau*, schalt sie sich, weil sie sich wieder einmal hatte unterbuttern lassen. Im Vorbeigehen warf sie einen sehnsüchtigen Blick auf den Holzkiosk im Park. Leider war er geschlossen. Sie hätte einen Glühwein vertragen können.

Widerstrebend und mit achtsamen Schritten folgte sie Peter über einen schneebedeckten Pfad. Alles war vereist, nur der Bach schlängelte sich eisfrei durch die Wiese, denn er wurde von mehreren Thermalquellen gespeist. Nicht von ungefähr hieß er im Ort der »Warme Bach«.

Weit und breit war kein anderer Spaziergänger zu sehen. *Nur ich bin so blöd*, dachte Pia, *bei diesem Wetter draußen herumzulaufen.*

»Wohnst du in Schlangenbad?«, fragte sie nach einer Weile, um das unangenehme Schweigen zu beenden.

»Nein, aber ich besuche gern diese altmodischen Bäder«, antwortete ihr Begleiter. Er sprach leise.

»Wohnst du hier?«, fragte er.

Hatte ihre Freundin ihm gar nichts über sie erzählt, oder gehörte dieser Peter zu den Männern, die Frauen nicht zuhören?

»Nein, ich mache hier nur eine Kur. Aber Beate sagte, dass du in Schlangenbad lebst.«

»Da muss sie etwas falsch verstanden haben. Ich bin hierhergefahren, um mich mit dir zu treffen«, sagte

Peter gedankenverloren.

Langsam ging er ihr mit seiner temperamentlosen Art auf die Nerven. Wieso nur meinte Beate, er könne zu ihr passen? Nur weil er recht gut aussah? Enttäuscht suchte Pia nach einem Vorwand, um sich aus dem Staub zu machen.

»Beate hat mir sicher deinen Namen gesagt, aber ich habe ihn leider vergessen«, riss Peter sie aus ihren Gedanken.

Sie stellte sich widerstrebend vor. Zum Glück stand ihr Name nicht im Telefonbuch.

Sie hatten inzwischen einige Neubauten hinter sich gelassen und passierten das repräsentative Gebäude des ehemaligen Kurhauses, das nun eine Klinik beherbergte. Es folgte eine weitere Grünanlage, durch die wieder der Warme Bach floss. Pia bemerkte eine Tafel am Wegrand. Sie blieb stehen und studierte den Text über die hier heimische Äskulap-Natter.

Dann setzten sie ihren Weg fort und erreichten einen Tümpel, der von einem Zaun umgeben war. Er war wohl nach den Vorlieben der Äskulap-Nattern angelegt. Pia blieb stehen und beugte sich vor, sah aber keine Schlange, was nicht anders zu erwarten war. Die wärmeliebenden Reptilien befanden sich in ihren Winterverstecken.

»Ich dachte schon, hier gibt es gar keine Wasserfläche, die tief genug ist«, hörte sie ihren Begleiter erfreut sagen.

»Tief genug wofür?«, fragte sie irritiert.

»Du gehörst doch auch zu den Frauen, die sich eine Kur verschreiben lassen, um ungestört fremd zu gehen«, warf Peter ihr unvermittelt vor.

Auf einmal ging alles sehr schnell. Kräftige Hände legten sich um ihren Hals und drückten zu. Verzweifelt versuchte Pia, sich aus dem Griff zu winden, aber sie hatte keine Chance. Der Angreifer war zu stark für sie. Sie wollte um Hilfe rufen, bekam aber keinen Ton heraus. Ihr wurde schwarz vor Augen. Sie glaubte schon, ihre letzte Stunde habe geschlagen, als plötzlich der Druck um ihre Kehle nachließ. Pia fiel auf die Knie und rang nach Luft.

Es dauerte ein paar Sekunden, bis sie sich so weit erholt hatte, um sich aufzurappeln. Ihr Angreifer lag reglos auf dem Boden, niedergeschlagen von einem mittelgroßen, aber drahtigem Mann, der gerade im Begriff war, ihm Handschellen anzulegen.

»Ich bin Peter«, stellte sich ihr Retter vor.

Er sah sie aufmerksam an. »Geht es dir gut?«, fragte er. »Hat der Kerl dich verletzt?«

Pia schüttelte den Kopf. »Nein, alles gut. Danke.«

»Es tut mir leid, dass ich mich verspätet habe«, erklärte Peter, »ich habe einen beunruhigenden Anruf von einem Freund erhalten. Ein Serientäter hat in Baden-Baden, Bad Homburg und Bad Schwalbach Frauen erwürgt und anschließend ins Wasser gestoßen. Wir haben ihn den Kurort-Mörder genannt. Ich dachte, du bist bestimmt im Café und habe mich dort nach dir umgeschaut. Zum Glück hatte die Bäckerin beobachtet, wie eine junge Frau draußen gewartet hat und dann mit einem blonden Mann in der Anlage verschwunden ist.« Er lächelte. »Manchmal hat es auch seine Vorteile, dass hier jeder jeden kennt.«

Pia brauchte einen Augenblick, um mit ihren noch immer benebelten Sinnen zu begreifen: Dieser Mann war der, den sie hatte treffen wollen.

»Dass du Polizist bist, hat Beate mir nicht gesagt«, stammelte sie, weil ihr nichts Besseres einfiel. Ihre Stimme krächzte rau, ihre Stimmbänder schmerzten.

»Das binde ich nicht gleich jedem auf die Nase«, sagte ihr Gegenüber und rief seine Dienststelle an.

DAS BRUNI-COLLIER
von Martin Franz

Es war einer jener seltenen Tage, da die meisten Leute zu spät bemerkten, dass das Wetter aufklarte. Die Tage zuvor hatte es kräftig geregnet. Giorgio hatte Alissa auf einen Ausflug ins Grüne eingeladen: er wolle ihr etwas Wichtiges mitteilen, nur für ihre Ohren. Sie vermutete, dass er aus der Liaison etwas Ernstes machen wollte. Welche Frau mochte das nicht?

Alissa hatte den smarten Kalabresen schon immer charmant gefunden, obwohl sie ahnte, dass Giorgio in letzter Zeit einen schlechten Umgang pflegte. Die teuren Geschenke, die er ihr in den vergangenen Wochen gemacht hatte, passten nicht zu seinem Portemonnaie. Ob es nun Mozarts *Figaro*-Aufführung mit anschließendem Dinner auf *der Rue* gewesen war oder zuvor ein kostbares Designer-Negligé. Oder was auch immer. Bei jedem Treffen hatte der stämmige Mann mit den schwarzen, streng gekämmten und gegelten Haaren, der einen halben Kopf kleiner war als Alissa, versucht, höher vor ihr aufzuwarten. Als Geliebte konnte sie das gut heißen, nicht aber als potenzielle Angetraute.

Giorgio parkte den nigelnagelneuen SUV auf dem matschigen Waldparkplatz. »Da sind wir.« Er lächelte. Alissa machte das Spiel mit. Sie war fest entschlossen, ihren Vermutungen heute auf den Grund zu gehen.

Zunächst liefen sie Arm in Arm den Fahrweg rund um das Naturschutzgebiet Rabengrund entlang. Alissa spürte, wie Giorgio ihre Nähe genoss. Sie redeten über Belangloses, und Giorgio raspelte eine Menge Süßholz.

Am Amtmannborn erfrischten sie sich an der üppig

in den Steintrog sprudelnden Quelle.

Wie lange braucht Giorgio, um auf den Zweck des Ausflugs zu kommen?, fragte sich Alissa.

Hinter dem Brunnen nahmen sie den Weg durch die Wiesen. Die Mittagssonne zeichnete flirrende Reflexionen auf das im Wind raschelnde Laub der Bäume. An einem Abzweig des stoppeligen Wegs nahm Giorgio Alissas Arm, sie sah ihm ins Gesicht und lächelte. Das Wasser des nahen Schwarzbachs plätscherte in Fülle durch die schmale Rinne.

Giorgio griff in sein Jackett und zauberte eine samtene Schatulle hervor. Daraus glänzte Alissa ein goldenes Geschmeide entgegen, eine breite verschnörkelte Halskette. Ein prachtvoller Rubin, umrahmt von kleinen feurigen Brillanten, funkelte in der Mitte eines massiven Anhängers.

Es verschlug ihr die Sprache. Sie schürzte die Hände vor den Mund, strahlte mit aufgerissenen Augen zunächst das Collier, dann Giorgio an. Schließlich legte er ihr das Schmuckstück um.

In stiller Zweisamkeit spazierten sie weiter. Alissa dachte an das erste Date vor einem Jahr zurück, kurz nach dem Tod ihrer Schwester. Feinsinnig hatte Giorgio Details über Alissa erraten, was ihr schmeichelte. Und er gab ihr den Trost, den sie damals gebraucht hatte. Ja, sie liebte ihn, und sie wollte ihm jetzt nicht die Gelegenheit nehmen, ihr einen Antrag zu machen.

Alissa bemerkte, wie Giorgio zu erspüren versuchte, was in ihr vor sich ging. Mit jedem Schritt wurde er unruhiger, schließlich begann er zu reden wie ein Wasserfall. Was er alles vorhabe, dass er ein aufstrebender Unternehmer sei und welche Rolle Alissa für ihn nun übernehmen solle. Doch kein Wort von Heirat. So blieb sie schweigsam.

Bald erreichten sie den Fischweiher am südlichen Ende des Rabengrunds. Dort blieb Alissa abrupt stehen.

»Was hast du, Alissa?«

Sie nahm das Collier ab und inspizierte es: geschwungene Formen wie im Jugendstil, Art und Anzahl der Steine, das Gewicht des Anhängers ... Das, glaubte sie, konnte Giorgio nicht mit rechter Arbeit erworben haben.

»Wie kannst du dir das eigentlich leisten?«

»Ein Kollege schuldete mir noch einen Anteil aus einem Geschäft. Er hat mir das Geschmeide dafür gegeben.«

Alissa sah Giorgio misstrauisch an. Aufgeregt versuchte er zu erklären, dass alles seine Ordnung habe, doch Alissa hörte ihm kaum zu. Je mehr er redete, umso mehr beschlich sie ein ungutes Gefühl. Sie hatte diesen Halsschmuck schon einmal gesehen. Nur wo?

Auf der Rückseite des Colliers war eine Gravur fast weggeschliffen. Alissa hielt die Stelle flach gegen die Sonne. Schwach schimmerten ein Datum und ein Name durch: ›7.7.19‹ und ›Bruni‹.

Ricardos Familie hieß so. Aber ja doch! Das Collier war das Hochzeitsgeschenk der Familie Bruni an Adriana, ihre ältere Schwester, gewesen, als diese am 7. Juli 2019 Ricardo geheiratet hatte. Nach ihrer Rückkehr aus den Flitterwochen waren die beiden zuhause von drei Maskierten brutal zusammengeschlagen und ausgeraubt worden. Adriana war drei Tage später an einem Schädeltrauma verstorben. Und kurz darauf hatte Alissa Giorgio, einen Cousin von Ricardo, kennengelernt.

Und mit einem Mal wurde Alissa klar, warum ihr

Verehrer bereits damals gewisse Details über sie und ihre Familie kannte ... Er wusste, dass ihre Schwester das Familienerbstück der Brunis zur Hochzeit geschenkt bekommen hatte. Der kleine Giorgio, der immer hoch hinaus wollte! Er musste einer der drei Räuber sein!

Alissa schnaubte vor Zorn.

»Mörder!« schrie sie, ballte das Collier in der Faust und warf es im hohen Bogen in die Mitte des Weihers. Schwupps – weg war es!

Giorgio blieb der Atem stehen. Nach einer Art Schockstarre brüllte er wütend: »Spinnst du? Wie kannst du nur ...!«

Ehe sich Alissa versah, stürzte er sich über den Zaun, der den Fischweiher einfasste, und sprang dem versunkenen Collier hinterher.

Der Weiher, als Überlaufbecken für den Schwarzbach angelegt, war bis zur Grasnarbe gefüllt. Giorgio verschwand gänzlich in der schwarzen Brühe. Schlammige Sedimente stiegen als dunkelbraune Wolken auf, während er tauchte. Gelegentlich kam er hoch und schnappte nach Luft, um dann wieder unterzutauchen.

Alissa hatte sich abgewandt. Sie schaute auf einen Flecken, wo sich der Fußweg durch den Rabengrund vom Fahrweg abspaltete. Weit, weit entfernt auf der Wiese tollten Kinder mit Eltern und Hunden. Aber sonst war kein Mensch zu sehen, in keiner Richtung.

Giorgio japste nach Luft. Alissa sah beiläufig, dass sein nobler Anzug triefend jede Form verloren hatte und er seine Kondition. Sein Körper wurde in den schlammigen Grund gezogen. Tiefer und tiefer. Irgendwann stiegen nur noch ein paar Luftblasen an die Oberfläche.

Alissa war teilnahmslos geblieben, obwohl die Wut in ihrem Bauch tobte. Lange blieb es still. Sie drehte sich um. Vor ihr lag der schwarz glänzende Weiher, in dem sich die Sedimentwolken wieder absetzten. Giorgio hatte ausgeblubbert. Und Alissa, die durchaus eine gute Schwimmerin war, verkniff sich jede Gefühlsregung. Giorgio war Vergangenheit. Und seinen eigenen dunklen Tiefen auf den Grund gegangen.

Alissa schlug den Weg Richtung Nerotal ein. Erst auf Höhe der Leichtweißhöhle kamen ihr zwei Nordic-Walker entgegen. An der Endhaltestelle Nerobergbahn nahm sie den Bus zurück in die Stadt.

QUELLENSTEUER
von Stefanie Tettenborn

Ben kam früher als sonst ins Goldsteintal. Für ihn war oft der Dienstag und manchmal auch der Mittwoch ein »Friday for Future«.

Er hielt an der Quelle des Goldsteinbaches, schlürfte einen Schluck Wasser aus der hohlen Hand und machte sich dann auf den Weg zu seinem Lieblingsparcours, der etwas im Wald versteckt lag. Dort trainierte er regelmäßig mit seinem Mountainbike. Ben kontrollierte den Ladestand seines Handys und warf einen Blick auf das Treiben an der Wasserstelle im Tal.

Die Frauen, die sich einmal die Woche zum Gassigehen trafen, waren die Nächsten, die vorbeikamen, um ihre Trinkflaschen zu füllen. In der Regel flirrte die Luft vor Stimmengewirr und Gelächter. Die Hunde wuselten um ihre Frauchen, und die Lebenslust von Mensch und Tier war deutlich zu spüren. Heute wirkte die Gruppe traurig und setzte ihren Weg in den Wald schweigend fort.

Schließlich stattete auch Bezirksförster Felix Wohlfahrt der Quelle seinen täglichen Besuch ab, um nach dem Rechten zu sehen. All diese Menschen verbanden zwei Dinge: Eine Messengergruppe namens »Fonte Pecunia« und ein ausgeprägter Gerechtigkeitssinn.

Wenig später parkte ein SUV vor dem Restaurant »Das Goldstein«. Carsten Wimmert war nicht Teil der »Fonte Pecunia«, aber er war deren Ursache. Er näherte sich über den Waldweg, der vom Parkplatz des Restaurants zur Quelle führte.

Der Apotheker hasste Hunde und sein Kreuzzug gegen sie war seit langem der Grund für seine überbordende Energie. Zunächst hatte er dabei die ungelenke Form des tödlichen Handwerks – Hundekekse mit Rattengift – ausprobiert. Nun fühlte er sich bereit für sein Meisterwerk. Dass er die Wasserrebendolde mit ihrem schnell wirksamen Gift hier am Bach entdeckt hatte, war ihm wie ein Wink des Schicksals erschienen.

Die Goldsteinquelle bildet auf der einen Seite ein natürliches kleines Bassin, in dem das Wasser eine Weile steht, bevor es langsam in den Bach abfließt. Dort würden die Frauen mit ihren Kötern auf dem Rückweg wieder vorbeikommen müssen.

Just zu dem Zeitpunkt, als Wimmert sich niederbeugte, um das vorbereitete Gift aus seiner Trinkflasche endlich in das Bassin laufen zu lassen, ertönte auf sechs Handys im Wald ein leises Bling.

Ben kannte Carsten Wimmert gut, denn der wohnte in der Villa gegenüber und war sein Verdächtiger Nr. 1 für den Tod seines Hundes. Rocco leblos im Vorgarten zu finden, war ein Wendepunkt im Leben des Jungen gewesen. Dass die Ermordung eines Hundes lediglich eine Sachbeschädigung sein sollte, erschütterte ihn. Ben fing an, die Schule zu schwänzen und bemerkte mit Erstaunen, dass auch das niemanden sonderlich interessierte.

Irgendwann hatte ihn der Förster angesprochen, um herauszufinden, warum er sich bereits vormittags im Goldsteintal herumtrieb. Es war purer Zufall, dass sie sich unterhielten, als Linda den Waldweg entlang gestolpert kam. Sie berichtete traurig vom Tod ihres Hundes, der bereits das zweite Opfer in ihrer Gassigruppe innerhalb eines Monats war.

»Mein Tapio wurde letzten Dienstag vergiftet«, schluchzte Linda.

»Wenn ich den Mistkerl erwische, Gnade ihm Gott«, sagte Felix Wohlfahrt.

Bens graue Zellen arbeiteten auf Hochtouren. Auch sein Hund war an einem Dienstag vergiftet worden. Er hielt Felix sein Smartphone unter die Nase. »Das letzte Mal hat der Typ giftige Pflanzen gesammelt. Nachdem ich ihn dabei aufgenommen habe, bin ich an die Stelle, habe mir die Pflanzen angeschaut und dann im Internet recherchiert. Es handelt sich um ein hochgiftiges Schierlingsgewächs die sogenannte Wasserrebendolde!«

Der Förster schnalzte anerkennend mit der Zunge. »Und wer ist das in der Aufnahme?«, fragte er.

»Mein Nachbar, der Apotheker Carsten Wimmert. Ich habe ihn im Verdacht, meinen Hund getötet zu haben …«

Carsten Wimmert war so von seinem Tun entzückt, dass er die Schritte erst wahrnahm, als sie hinter ihm stoppten. Bedrohliches Knurren war zu hören. Als er sich langsam mit der noch halbvollen Flasche in der Hand aufrichtete, sah er sich mit fünf Damen, drei großen und zwei kleinen Hunden sowie dem Förster und Ben konfrontiert.

Felix Wohlfahrt lächelte und fragte: »Herr Wimmert, was tun Sie da?«

»Ich fülle meine Flasche auf!«

Ben konnte sich nicht beherrschen: »Sie gießen da Gift rein und töten damit Hunde!«

»Du spinnst.«

Ben zwang sich zur Ruhe und spielte seinen Trumpf aus: »Ich habe einen kleinen Film von Ihnen gedreht, den ich von meinem Logenplatz aus aufgenommen habe. Ihr Name und Adresse stehen im Abspann.« Er wedelte mit dem Handy. »Ein Klick und es ist auf Facebook. Instagram käme als Nächstes.«

»Ich wusste schon immer, dass du nicht ganz richtig im Kopf bist«, entgegnete Wimmert zornig. »Wegen Deines elenden Köters hast du mich auch schon verdächtigt. Geh mir aus dem Weg!«

Linda, die am nächsten stand, trat einen Schritt auf ihn zu und sagte sehr leise: »Dann beweisen Sie das Gegenteil und trinken einen Schluck!«

Wimmert wollte die Flasche auskippen, aber der Förster fasste ihn am Handgelenk, vereitelte den Versuch mit eisernem Griff und fragte spöttisch: »Na, wie sieht es aus? Wohl doch nicht nur Quellwasser in der Flasche?«

Der Apotheker sah zu Boden. »Was könnte ich stattdessen tun?«

»Wir bieten Ihnen einen Handel an«, sagte Linda. »Sie überweisen sofort einen kleinen Betrag an den Tierschutz. Wir dachten an 25.000 Euro.«

Ein Bling war zu hören. »Öffnen Sie die Nachricht. Ben hat die Überweisung netterweise vorbereitet. Sie brauchen nur noch Ihre PIN einzugeben. Und kommen Sie nicht auf die Idee, uns auf den Arm zu nehmen. Ich kenne eine Menge Hundebesitzer, die gerne Ihre Adresse hätten.«

Carsten Wimmert wusste, wann er verloren hatte. Er drückte der verdutzten Linda die Flasche in die Hand, zückte sein Handy und sagte gönnerhaft: »Also gut, Sie haben gewonnen! Was sind schon die paar Kröten!

Dafür bekomme ich aber das Handy. Sofort!«

Für einen Moment war es totenstill, alle warteten, bis das Geld am rechten Ort war. Dann händigte Ben widerstrebend das Handy aus. Alle atmeten auf, als wäre die Luft vorher knapp gewesen.

SCHWARZER PETER
von Fenna Williams

»Ihr habt also einen Leichnam vorbeitreiben sehen«, wiederholte Edwin Dauber und leckte kurz an seinem Bleistift, wie er es in einer alten Sherlock-Holmes-Verfilmung gesehen hatte. Dann notierte er gewissenhaft, was ihm die beiden Jugendlichen »gesteckt hatten, obwohl er sowas wie ein Polizist ist ...«.

Edwin Dauber tat sich den Gefallen, nur das Wort ›Polizist‹ zu registrieren, denn seine Ziele waren hochgesteckt, da konnte er sich keine Ausraster leisten. Er würde aller Welt zeigen, wie sehr sein Dorf davon profitierte, dass er vom Schreibdienst zum Einsatz als Kontaktbereichsbeamter gewechselt war. Staunen sollten die Bewohner von Auringen, vor allem seine Frau, denn Irmi hatte am breitesten gegrinst.

»Und du glaubst, in dir steckt ein Watson?«, hatte sie gefragt und mit der Wahl des Partners des berühmten Detektivs signalisiert, dass Edwin ihrer Meinung nach nicht für die erste Riege bestimmt war.

In jenem Moment hatte er bedauert, dass es nicht mehr zeitgemäß war, sich gegenüber Frauen mit mehr als Worten durchzusetzen – und seither auf einen Fall gewartet, in dem er sich beweisen konnte.

Dieser Fall war jetzt eingetreten. Starkregen und die nachfolgende Sturzflut des Wickerbachs hatten nicht nur Auringens Spielplatz unter Wasser gesetzt, sondern offenbar auch allerlei Unrat durchs Tal getrieben. Edwin sah von der Anhöhe des Rebenhangs auf die Massen hinunter, die sich an einer einzeln stehenden Häuserreihe vorbeiwälzten. Deren Bewohner kamen nicht als Zeugen in Frage, weil sie sich zum fraglichen Zeitpunkt bereits um den schlammigen Pool im eigenen Keller kümmerten.

»Schwarz war der Körper, tiefschwarz«, erklärte Pit, und sein Freund Micki nickte bestätigend.

Diese Farbe bringt immer jede Menge Unannehmlichkeiten, dachte Edwin. Blöd, dass ausgerechnet unsere beiden Fridays-for-Future-Revoluzzer den Toten gemeldet haben. Vor seinem geistigen Auge sah er Fernsehteams mit Ü-Wagen vorfahren und den Wiesbadener Kurier *Fremdenfeindlicher Tod in Wiesbadens Sibirien?* titeln.

»Micki hat sich auf die Rutsche gerettet, und ich bin aufs Klettergerüst«, schnitt Pit in seine Gedanken. »Das Wasser kam irre schnell. In Nullkommanichts schwappte der Dreck zu uns hoch.« Er verzog den Mund. »Bei meiner Mutter sind ein Fleck auf der Hose und das Ende ihres Geduldsfadens direkt miteinander verknüpft ... Da sitze ich lieber zwei Stunden wie ein Huhn auf der Stange und beobachte, wie um mich herum ein Katastrophenfilm abläuft.«

Er zückte sein Smartphone und hielt Edwin eine Videoaufnahme von Micki unter die Nase, wie der auf dem höchsten Punkt der Rutsche Anstalten machte, direkt in die braune Brühe zu segeln.

»Pits Mutter ist da wesentlich cooler«, kommentierte er den gewaltigen Platsch seines Kollegen mit erkennbarem Neid in der Stimme.

»Dann zeig mal deine Aufnahmen vom Leichnam«, forderte Edwin.

Micki zuckte die Schultern. »Ich habe bei dem Anblick echt nicht an Fotos gedacht, und Pit konnte keins mehr machen. Der hat vorm Eintauchen ins Wasser blöderweise das Handy in seiner Hosentasche vergessen.«

Die heutige Jugend hat keinen Langzeitplan, dachte Edwin. Ohne Langzeitplan kommt man nicht ans Ziel. Seitdem er für Auringen zuständig war, galten hier wieder Gesetz und Ordnung. Kein Parken auf der Straße, weil man die eigene Garage mit Gerümpel vollgestellt hat, keine Feten auf Grillplätzen ohne Genehmigung, kein Nutzen von Wasser aus öffentlichen Schwengelpumpen, um damit das eigene Auto billiger zu waschen. Die Liste der Verbote, die er durchgesetzt hatte, war mittlerweile länger als die der Dinge, die er seinen Auringern noch beibringen musste.

»Ich fasse also mal zusammen: Ihr habt einen Leichnam vorbeitreiben sehen, und der war schwarz.«

»Freiwillig ist der nicht im Wasser gelandet, so viel ist mal klar«, verkündete Pit im Brustton der Überzeugung.

Micki schnalzte mit der Zunge. »Bei der Geschwindigkeit, die der Körper draufhatte, müsste der jetzt schon auf die Hockenberger Mühle zuflutschen.«

Edwin horchte auf. Endlich sagte der Junge mal etwas Wichtiges. Er steckte seinen Notizblock wieder ein. »Dann warten wir mit dem Alarm besser, bis er gleich danach vom Damm der Ländchesbahn aufgehalten wird. Der wirkt bei Hochwasser wie eine Barrikade für alles mögliche Treibgut und macht dadurch die Bergung einfacher. Natürlich müssen das die Kloppenheimer übernehmen. Tut mir leid, aber damit hat der nächste Bezirk den Schwarzen Peter in der Hand. Ich bin nicht mehr zuständig.«

Die Jungen sahen sprachlos zu, wie Edwin Dauber in der Gewissheit beidrehte, sein Dorf vor endlosen

Verhören und jeder Menge Papierkram bewahrt zu haben, bereit auf eine bessere Gelegenheit zu warten, um sich zu profilieren.

»Was'n jetzt?«, fragte Pit verblüfft. »Unternimmt der gar nichts?«

»Sieht ganz so aus.« Micki war empört. »Verdammt! Da kommt man einmal zu 'ner toten schwarzen Katze und könnte dem Blockwart so richtig eins reinwürgen – und dann macht der ausgerechnet diesmal kein Fass auf, guckt einfach nicht hin.«

Während die Jungen sich noch wunderten, widmete Edwin sich bereits einer wirklich wichtigen Aufgabe: dem Kontrollieren von Biotonnen, Restmüll und Co. bezüglich ihrer regelgerechten Nutzung …

AM TEICH

Es Geschah 1931
von Bernd Köstering

Oliver zog einen Stuhl neben das Bett seines Großvaters und setzte sich. »Du wolltest mich sprechen?«
»Ja, Junge, ich muss dir etwas erzählen. Ich habe bisher mit niemandem darüber gesprochen, auch nicht mit deinem Vater.«
»Noch nicht mal mit deinem eigenen Sohn?«
»Er ist Künstler und so unpolitisch, er könnte das nicht nachvollziehen. Aber du kannst das. Ich bin krank und habe mein Leben gelebt, bin jetzt 93 Jahre alt und muss meinen Frieden machen. Mit allen und mit allem. Ich hoffe, du verstehst das.«
Oliver nickte.

»Es geht um das Jahr 1931. Es war die Zeit des Aufstrebens der NSDAP und der spürbare Beginn des Judenhasses. Bei den Reichstagswahlen im September gewannen die Nationalsozialisten 18 Prozent der Stimmen. Ich war damals jung, 19 Jahre alt, und wohnte in Frankfurt-Sachsenhausen. Ich arbeitete beim Frankfurter Forstamt, der Leiter war Bernhard Jacobi. Ein toller Mann, nie Mitglied in der NSDAP, das weiß ich noch. Ich war schon politisch interessiert und SPD-Mitglied. Ich hatte oft im Stadtwald zu tun, Bäume und Wege pflegen und so weiter. Ich war ein einfacher Holzarbeiter. Manchmal übernachtete ich in den Ställen der Oberschweinstiege, das war damals schon eine Gaststätte. Ich mochte das Vieh, das dort untergebracht war. Besonders Bruno, den Hund der Försterei, der war mein Freund.

Eines Nachts – ich schlief wieder in den Ställen – fing Bruno an zu knurren, leise und irgendwie böse. Ich ging mit ihm hinaus. Es war eine klare Nacht, der Mond schien durch die hohen Bäume. Noch heute kann ich den Herbstgeruch von damals nachempfinden, erdig, feucht und angenehm kühl. Ich blieb an der Hausecke stehen. In der Gaststätte rührte sich nichts, alle schliefen.«

»Mann, Opa, das ist ja spannend, ein halber Krimi!«

»Na, warte mal ab, es wird noch ein ganzer draus. Ich sah zwei Männer. Sie wateten von der gegenüberliegenden Seite in den Luderbach hinein, mitten ins Wasser. Dort war das Bachbett tief ausgegraben und verbreitert worden, weil es zu einem kleinen See aufgestaut werden sollte. Jacobi wollte damit verhindern, dass es in Sachsenhausen immer wieder zu Überschwemmungen kam. Die beiden Männer schleppten etwas mit sich, eine Art Paket, etwa so groß wie ein Mensch.«

Oliver schluckte. »Eine Leiche?«

Der Großvater nickte. »Ja, eine Leiche! Sie legten sie an einer tiefen Stelle ab und hantierten noch eine Weile herum, später wurde mir klar, dass sie den Leichnam am Wurzelwerk festbanden, damit sie nicht hochgetrieben wurde.«

»Und dann?«

»Dann hörte ich es gluckern, so wie fließendes Wasser und damit war mir klar, warum sie die Leiche hier abgelegt hatten. In dieser Nacht wurde der Weiher, der heute Jacobiweiher heißt, aufgestaut, die Gelegenheit war also günstig, einen Körper zu versenken.«

»Mann, oh, Mann! Und wer war das, also … die

Leiche?«

»Langsam, mein Junge. Ich blieb in meinem Versteck, weil ich Angst hatte. Natürlich konnte ich den Rest der Nacht nicht mehr schlafen. In der Morgendämmerung ging ich mit Bruno an die Stelle, an der die Männer in den Luderbach eingestiegen waren. Das Wasser stand inzwischen hoch, und man konnte nichts mehr erkennen, keine Fußspuren – nichts. Ich dachte schon, ich hätte das Ganze geträumt, bis Bruno plötzlich anschlug. Er schnupperte an einem Stück Stoff, das im Laub lag: eine Armbinde mit Hakenkreuz. Du kannst dir vorstellen, dass ich völlig fassungslos war. Kurze Zeit später erzählte mir der Oberkellner der Gaststätte, dass in der Hans-Thoma-Straße in Sachsenhausen ein kleines Mädchen aus dem Kinderhaus von Hakenkreuzmännern angepöbelt worden sei. Das Waisenhaus wurde vom israelitischen Frauenverein geführt. Eine Frau sei herausgekommen und habe versucht, die beiden Männer lautstark zu vertreiben. Die Frau hieß Esther Stern. Den Rest kannst du dir denken.«

»Oh, nein!«

»In der nächsten Nacht schlief ich wieder bei Bruno. Irgendwie ahnte ich, dass die Geschichte noch nicht vorbei war. Und tatsächlich: Einer der beiden Männer kam wieder. Diesmal erst im Morgengrauen. Er lief an der gleichen Stelle am Rand des Bachs herum, der inzwischen zum Weiher geworden war, und suchte etwas. Ich war wütend. Diesmal wollte ich nicht kuschen. Ich nahm Bruno an die Leine, überquerte einen kleinen Steg und ging auf den Mann zu. ›Suchen Sie das hier?‹, fragte ich. Damit hielt ich sein dämliches Hakenkreuztuch hoch. Es war inzwischen hell geworden. Er sah mich feindselig an, wagte aber noch nicht, etwas zu tun, denn Bruno fletschte die Zähne. Dann ging alles sehr schnell. Der Mann zog ein Messer aus dem Stiefel, im gleichen Moment ließ ich Bruno von der Leine. Der Hund schnappte sich das Bein des Hitlermanns, der schrie auf, wankte und hob sein Messer, um auf Bruno einzustechen. Ich griff nach einem Ast, der neben dem Weg lag und schlug zu. Der Mann kippte nach hinten und schlug mit dem Kopf auf einen Baumstumpf.«

»Tot?«, fragte Oliver.

Der Großvater nickte. »Tot! Stell dir das vor, ich habe einen Menschen getötet!«

Oliver hatte seinen Großvater zuvor noch nie weinen gesehen.

»Aber Opa, der war doch ein …«

»Egal, ein Mensch ist ein Mensch. Er hieß Hans Bräuning. Ich habe ihn neben Esther Stern im See versenkt. Beide wurden nie gefunden.«

»Puh, eine schlimme Sache, all das.«

»Ja, vielleicht kannst du es ja irgendwann mal deinem Vater erzählen. Tut mir leid, dass ich dir diese Entscheidung mitgeben muss. Aber vielleicht lehrt sie dich, Recht von Unrecht zu unterscheiden!«

Petri Heil
von Susanne Kronenberg

Platschend landet der Köder auf dem zittrigen Spiegelbild des Vollmonds. Mit der Angelrute in der Hand nimmt Chris vorsichtig auf dem Klappstuhl Platz, der in gefährlicher Schräglage steht. Das steile Ufer mag unbequem sein, dafür ist dieser Ort vielversprechend, wie Chris Instinkt und Erfahrung sagen. Die Leidenschaft fürs Fischen treibt ihn an, seit er alt genug ist, um einen Haken zu bestücken. In die gewohnte Begleitmusik einer Nacht in der Natur – die dumpfen Rufe der Eulen und das Huschen der Mäuse im Laub – mischen sich die Geräusche der nahegelegenen Sonnenberger Straße. Denn er befindet sich mitten in der Stadt. Die Pose treibt im Weiher des Wiesbadener Kurparks, am Haken unter sich ein ganzes Hähnchen als Lockmittel.

Mit gerundeten Schultern hockt Chris auf seiner wackligen Sitzgelegenheit und beugt sich erwartungsvoll dem Wasserspiegel entgegen. Als könne er die Beute mit der Kraft seiner Gedanken steuern, malt er sich aus, wie der mächtige schleimige Körper zwischen den Wasserpflanzen ruht, sich gemächlich aus seiner Erstarrung löst und mit sachten Flossenschlägen vorwärtsgleitet. Das ellenbreite Maul öffnet und schließt sich begierig, als ihm die Ausströmungen des Geflügelkadavers entgegenziehen. Chris ist angespannt. Nicht das Lauern darauf, ob der Fisch endlich beißt, zerrt an seinen Nerven. Das Angeln selbst ist wie Meditation und tut seinem angegriffenen Herzen gut. Was Chris zu schaffen macht, ist die widerwärtige Hetze, die diese

Jagd begleitet.

Zunächst klang alles nach einem beglückenden Auftrag. Ein Beamter aus dem Rathaus ist auf ihn zugekommen. Wenige Tage später hat sich die Bitte der Behörde, den Kurpark von einem gefräßigen Raubfisch zu befreien, zu einem wahren Spießrutenlauf ausgewachsen. Auf Facebook und Co ist ein Shitstorm über ihn hereingebrochen, und seit sogar seine Adresse veröffentlicht wurde, erhält er täglich Drohbriefe. Wie unter Zwang schlitzt er jeden Umschlag mit dem Anglermesser auf, wohl wissend, was ihn erwartet: Hässliches Geschreibsel wie

FISCHMÖRDER WIR KRIEGEN DICH

TIERQUÄLER GEHÖREN VERGAST

LEUTE WIE DICH SOLL MAN AM HAKEN AN DER SCHIERSTEINER BRÜCKE AUFKNÜPFEN

ANGLERSAU DU GEHÖRST ABGESTOCHEN

Während Chris unverwandt auf die sich im sachten Wind kräuselnden Wellen starrt, bemüht er sich, die widerlichen Schmähungen aus seinen Gedanken zu verbannen. In dieser Nacht zählt allein der mächtige Wels dort unten im Schlick.

Und die Verlockung des toten Huhns.

♦

Der heimliche Beobachter, der ein Stück abseits unter einer Eibe kauert, wendet den Blick nicht vom Angler ab. Ihm gehen die Schlagzeilen der vergangenen Tage durch den Kopf. Reißerische Überschriften wie »Riesenwels schnappt Entenküken« und »Kurpark-Monster frisst Weiher leer« füllen die digitalen Nachrichtenportale und bescheren den Zeitungen Aufmerksamkeit im Sommerloch. Auch Radio- und Fernsehsender stürzen sich auf die Story vom »Wiesbadener Killerfisch«, der als angeblich zwei Meter langes Ungetüm im Kurparkteich sein Unwesen treibt und alles verschlingt, was Schuppen und Federn hat. Tagsüber wird der Weiher von Schaulustigen belagert, die darauf hoffen, »Nessi aus dem Kurpark« würde ihnen zuliebe sein klaffendes Raubfischmaul aus dem Wasser strecken, um ein flauschiges Küken hopsgehen zu lassen.

Nicht einmal Hunde und kleine Kinder scheinen vor dem Untier sicher, seit die Meldung »Mörderfisch verschlingt Chihuahua« durch die Medien geistert. Paul kann darüber nur den Kopf schütteln. Was soll die ganze Aufregung? Dass große Waller neben Fischen auch Ratten, Mäuse, Frösche und Jungvögel jagen, ist Fakt. Enten und Teichhühner gibt es mehr als genug, und wenn der Räuber den Nachwuchs der Nilgänse kapert, sollten die Leute ihm dankbar sein. Nilgänse machen Dreck und vertreiben die heimischen Wasservögel von ihren Brutplätzen. Niemand will diese Viecher haben. Ebenso überflüssige Geschöpfe sind glupschäugige Kläffer – auch mit dieser Meinung steht er gewiss nicht allein da. Was also ist so böse an einem großen ruhigen Raubfisch, der nur tut, was die Natur ihm auferlegt hat: zu jagen und zu wachsen? Muss man ihn deswegen töten? Hat ein so prachtvoller Wels kein Recht auf Leben?

Aus seinem Versteck heraus betrachtet Paul die

Silhouette des Anglers im Mondlicht. Sonst ist niemand in der Nähe. Der Kurpark ist über Nacht gesperrt, und Paul hat sich zeitig vor Torschluss hineingeschlichen. Der Angler hockt reglos am Ufer und glotzt auf den Teich.

Höchste Zeit, ihm den Fang zu vermasseln.

♦

»He, es hat sich ausgeangelt!«

Eine aggressive Männerstimme in seinem Rücken. Erschrocken fährt Chris herum und springt so abrupt auf, dass der Klappstuhl unter ihm zusammenkracht. Sein Herz macht einen schmerzhaften Schlag.

Der Kerl lauert nur wenige Schritte oberhalb des Ufers. Angriffslustig hält er die Hände vom Körper abgespreizt und zischt durch die Zähne: »Anglersau, du gehörst abgestochen!«

Ein Satz aus einem der Briefe! Chris beweist Nerven und kontert: »Sie sind das also! Sie schicken mir diesen Dreck!«

Langsam steigt der Fremde die Böschung hinunter. Im Näherkommen schüttelt er drohend die Faust. »Was hat der Fisch dir getan, dass du ihn abschlachten willst?«

Chris versucht es mit Sachlichkeit. »Das hat alles seine Ordnung. Welse dürfen das ganze Jahr über gefischt werden. Da ist nichts dabei.«

»Nichts dabei?«, faucht sein Gegenüber. »Der Waller soll sterben, warum?«

»Der Teich ist zu klein für ein Exemplar dieser Größe. Darum!«

»Dann fangt ihn und setzt ihn im Rhein aus. Aber

Leute wie du wollen ein Tier lieber *fressen*.«

Das letzte Wort hat der Kerl regelrecht rausposaunt. In seiner Vorstellung lässt Chris sein Gegenüber auf die Körpergröße eines Zehnjährigen schrumpfen, was wohl auch dessen Intellekt nahekommt. Ob der Typ Tofuwürstchen auf den Grill legt?

Zorn durchflutet seine Adern. »So ein Wels stammt aus der Donau, im Rhein hat diese Fischart nichts zu suchen. Es ist verboten, ihn dort auszuwildern.«

Die Schnur zuckt. Nur darauf kommt es jetzt an. Als Chris sich dem Teich zuwendet, erhält er einen Stoß in den Rücken. Er stolpert, fällt auf die Knie – und rappelt sich mühsam auf. Sein Herz rast, es sticht und rumpelt, aber das kümmert ihn nicht. Der Fisch hat gebissen, er muss die Beute einbringen. Doch dieser Drohbriefschreiber legt es tatsächlich darauf an, ihm die Rute aus den Händen zu reißen. Chris schreit ihn an. Der Angreifer lässt sich nicht einschüchtern. Während sich die Schnur aufspannt, balgen sich die Männer wie pubertierende Jungs. Vor Wut und Anstrengung wird Chris schwindelig. Sein Fuß verfängt sich in der Stuhllehne, er verliert den Halt, und mit der Erkenntnis, in welch irrwitzige Situation er geraten ist, sieht er im Sturz das schwarze Wasser auf sich zukommen.

💧

Paul hilft mit einem kräftigen Schubs nach, als der Angler über dem Klappstuhl ins Straucheln gerät, kopfüber die Böschung hinunterpoltert und im aufspritzenden Teich landet. Die Angelrute hat der Tierschinder mit sich gerissen. Für einen Moment taumelt sie auf der Wasseroberfläche, dann setzt sie sich wie von einer unsichtbaren Kraft angetrieben in Richtung Teichmitte in Gang. Zu blöd!, denkt Paul. Den Wels kann er nicht befreien, der hat sich samt Angel davongemacht. Und der Fischmörder? Liegt halb im See, Kopf und Schultern unter Wasser, Hinterteil und die grünbehosten Beine am Ufer. Der Klappstuhl hängt ihm seltsam um den Knöchel. Der Mann rührt sich nicht. Was soll's, denkt Paul. Der ist eh hin.

Der Morgen bricht an, als er nach Haus kommt. Am späten Vormittag weckt ihn das Handy. Im Newsticker ploppt eine neue Schlagzeile auf:

»Wiesbadener Killerwels reißt Angler in den Tod.«

GLITZERN IM SONNENLICHT
von Marga Rodmann

Im Schatten war es noch kalt. Aber die Sonne hatte bereits Kraft. Wo sie schien, erwärmte sich der Boden und auch die Gesichter, die sich ihr entgegen reckten.

Kim schüttelte ihre Haare, deren Rot im Sonnenlicht glitzerte. Rolf liebte diese Haare. Und die Frau, die dazu gehörte. Er seufzte.

»Was denn?«, Kim drehte sich zu ihm um und sah ihn mit schiefem Grinsen an.

»Ich würde so gern mit dir zusammenziehen.«

»Nicht so schnell. Wir sind viel zu kurz zusammen. Komm. Wir gehen zu den Weihern.«

Kim nahm seine Hand und zog ihn von der Mauer hoch, auf der sie gesessen hatten. Sie liefen an den Kleingärten vorbei, in denen viele Menschen eifrig am Werkeln waren, bis sie zu den Ställen kamen, wo zwei Pferde neugierig ihre Hälse reckten. Kim ging zu ihnen und streichelte sie. Ein freudiges Wiehern bekam sie als Antwort.

»Ihr kennt euch wohl?«, fragte Rolf.

»Ja, ich laufe oft hier entlang. Ich mag diese Ecke. Sie erinnert mich an meine Kindheit.«

Und an deine bisherigen Lover, dachte Rolf. Er wusste, dass Kim schon viele Männer vor ihm hatte. Bis vor Kurzem war sie mit Reiner umhergezogen. Doch der war plötzlich abgesagt und tauchte auch nicht mehr in ihrer Stammkneipe auf. Stattdessen interessierte sie sich für ihn. Er hatte schon lange ein Auge auf Kim geworfen und sich wahnsinnig gefreut, als sie nach der Party neulich mit ihm mitgegangen war.

Schon auf dem Weg zu ihm hatten sie sich geliebt. Sie war so hungrig. So gierig. So großartig. Seitdem waren sie oft bei ihm. Aber nie bei ihr.

»He du, träumst du? Lass uns weitergehen«, durchbrach sie seine Gedanken. Die Sonne neigte sich bereits dem Horizont entgegen, als sie am Ponyhof und kurz darauf an der Grillhütte vorbeikamen.

Am ersten Weiher verließen sie den Weg und betraten einen kleinen Grashang. Sie setzten sich auf die Bank direkt am Wasser. Der Reiher, der auf einem kleinen Betonklotz im Weiher stand, rührte sich nicht. Erst auf den zweiten Blick bemerkte Rolf, dass er nicht echt war.

»Hey – hier spielt die Musik«, flüsterte Kim dicht an seinem Ohr und biss sanft hinein. Sie küssten sich. Als er mit seiner Hand unter ihren Pullover fuhr, hörte er ein Hüsteln hinter sich. Ein älterer Mann stand da und sah sie missbilligend an.

»Komm«, meinte Kim und zog ihn weiter zum nächsten Weiher, wo sie sich in einem versteckteren Winkel niederließen. Als sie sich erneut küssten, fiel Rolfs Blick auf die Zweige, die in den Uferwellen schwappten. Dazwischen glitzerte etwas.

Rolf löste sich von Kim, stand auf und ging näher ans Ufer heran.

»Das ist ja eine Hand! Verdammte Scheiße, das ist eine Hand!«

Ein goldener Ring glitzerte am Ringfinger. Rolf fischte danach und stellte fest, dass nicht nur eine Hand, sondern ein ganzer Körper im Wasser trieb. Ein toter Körper. Ein Mann.

»Verdammt, das ist ja Reiner! Mit dem warst du doch letzten Monat noch zusammen.«

Rolf wollte sich gerade zu Kim umdrehen, als ihn ein harter Schlag am Kopf traf. Ihm wurde schwindelig, und er sackte zusammen. Er spürte noch einen Schlag, und um ihn herum wurde es schwarz.

Kim kauerte neben Rolf, den sie kurz zuvor noch geküsst hatte. Dessen Nähe und Wärme sie weiterhin hatte spüren wollen. Diesmal war es viel schneller passiert. Mit großer Mühe drückte sie ihr Entsetzen nieder. Sie agierte nicht mehr, sondern wurde zur Marionette.

Kalt. Wie Gregor. Nicht denken, befahl sie sich. Was vorher Rolf gewesen war, war jetzt nur noch ein schlaffer Körper, der beseitigt werden musste. Zunächst ein Stein auf seine Brust, festgebunden mit einem Seil, damit er nicht allzu schnell wieder auftauchte. Dann hinein mit ihm in den Teich, mit einem Stock vom Ufer abgestoßen. Sie sah dabei zu, als würde sie das alles nichts angehen. Er arbeitete kalt, schnell und sauber. Bei Reiner musste irgendetwas schiefgelaufen sein. Die beiden davor hatte niemand entdeckt.

Kim schluckte, als sie eine Erkenntnis traf. Sie brauchte Männer und hatte schon mit vielen ein paar schöne Nächte verbracht. Gregor konnte ihr diesbezüglich nicht viel bieten. Die anderen waren gekommen und waren gegangen. Aber vielleicht waren die früheren ebenso wenig freiwillig gegangen. Auch wenn sie bei denen nicht mitbekommen hatte, wie sie verschwunden waren.

Vielleicht war der Teich gespickt mit Leichen? Oder ging jetzt ihre Fantasie mit ihr durch? Nicht denken, befahl sie sich wieder. Damit war sie noch immer am besten gefahren. Ihre Gier auf Männer war in letzter Zeit größer geworden. In weniger als einem Jahr hatte sie zwanzig Männer verschlungen. Sollten die etwa alle in diesem Teich liegen? Ihr wurde schlecht. Sie musste würgen. Offensichtlich war er immer in ihrer Nähe gewesen und hatte von Anfang an Bescheid gewusst. Nicht erst bei den letzten Vieren, wie sie angenommen hatte.

»Beweg dich, du dumme Gans. Steh auf und komm!«

Gregor stieß sie mit der Stiefelspitze an. Kim erhob sich und ließ sich von ihm wegführen. Nicht denken.

»Hast du sie alle ... hier ...?«, fragte sie.

»Deine ganzen Männer kriegen dich nicht umsonst, das weißt du doch. Wo sie jetzt leblos vor sich hinschlummern, kann dir egal sein. Komm jetzt nachhause.«

Sie ließ sich von ihm mitführen. Zurück in das Kellerloch, in dem sie hausten.

VERDÄCHTIGE WARE
von Petra Spielberg

Einatmen, Arme neben den Körper führen, ausatmen. Einatmen. Mit kräftigen Zügen durchpflügte Lisbeth die Wasseroberfläche. Erst 50 Meter hin, dann wieder 50 Meter zurück. Drei Bahnen fehlten ihr noch, um die 500 Meter voll zu machen.

Seit 22 Jahren hielt sie während der Freibadsaison eisern an diesem Ritual fest und war stolz darauf, nicht einen einzigen Tag ausgelassen zu haben. Was zur Folge hatte, dass sie trotz ihrer 74 Jahre bedeutend rüstiger war als viele ihrer Altersgenossinnen.

Es war viertel nach acht. Unter der Sonne, die von einem wolkenlosen Himmel schien, erstrahlte das Schwimmerbecken des Opelbads wie ein azurblauer rechteckiger Kristall. Außer Lisbeth befand sich auf der Anlage hoch über den Dächern von Wiesbaden lediglich eine Handvoll weiterer Schwimmbegeisterter, die, wie sie, die Gunst der frühen Stunde nutzten, um ein ungestörtes Bad im 24 Grad warmen Wasser zu genießen, bevor die Becken und Liegeflächen von sonnenhungrigen und lärmenden Gästen okkupiert wurden.

Nachdem Lisbeth ihr Trainingspensum beendet hatte, verweilte sie noch einen Moment am Beckenrand, um mit Günther, der vor sieben Jahren nach einem leichten Schlaganfall zu der sportlichen Frühaufstehertruppe gestoßen war, zu schwätzen.

»Ich bewundere deine Kondition, meine Liebe«, schwärmte Günther.

»Du alter Charmeur«, konterte Lisbeth lachend. »Ich weiß nicht, wie oft du mir dieses Kompliment schon gemacht hast.«

»Unzählige Male. Und es wird bestimmt nicht das letzte Mal gewesen sein«, bekräftigte Günther. »Sag mal, trinken wir gleich wieder einen Kaffee zusammen?«

»Nein, heute geht es leider nicht. Ich habe nachher einen Friseurtermin.«

»Schade!« Günthers Miene drückte Bedauern aus.

»Morgen wieder, versprochen«, bedeutete ihm Lisbeth lächelnd.

»Ich nehme dich beim Wort!« Günther drohte ihr spielerisch mit dem Finger.

Eine gute Viertelstunde später verließ Lisbeth das Bad und lief zum Parkplatz hinunter. Sie musste sich sputen, denn ihr Friseurtermin war in etwa einer halben Stunde, und sie wollte vorher noch unbedingt ihre nassen Sachen auf die Wäscheleine hängen.

Als sie ihr Auto erreichte, fiel ihr Blick auf zwei junge Burschen, die etwas weiter unterhalb standen und sich unterhielten. Lisbeth stutzte. War das nicht Karsten, ihr Enkel? Aber sicher. Was trieb sich Karsten in dieser Herrgottsfrühe am Opelbad herum? Und wer war dieser bullige Kerl, der auf ihn einredete wie auf einen lahmen Gaul? Auf Zehenspitzen schlich sie um ihr Auto herum und machte den Hals so lang wie möglich, um zu lauschen.

»Mehr hast du nicht?«, hörte sie den Bulligen fragen. Missmutig schaute er in seine Handfläche.

»Nein, Mann, erst heute Abend wieder, habe ich dir doch gesagt.« Karsten machte eine hilflos wirkende Geste.

»Na, meinetwegen. Dann um 23 Uhr am Dambachweiher bei der kleinen Brücke. Aber wehe, du hast dann nicht genug Stoff dabei.«

»Ja, ja«, murrte Karsten und eilte, die Kapuze tief ins Gesicht gezogen, davon.

Lisbeth gefiel ganz und gar nicht, was sie da gesehen und gehört hatte. Handelte ihr Enkel etwa mit Drogen? Sie würde ein ernstes Wort mit Mechthild reden, sobald die von ihrer Dienstreise zurück wäre. Es konnte nicht angehen, dass der Junge ins Drogenmilieu abrutschte.

♦

Die Standuhr schlug viertel vor elf, als Lisbeth am späten Abend die Tür hinter sich zuzog und auf die Straße trat. Bis zur kleinen Brücke am Dambachweiher waren es von ihrem Haus aus nur wenige Gehminuten. Sie schloss den Reißverschluss ihres dünnen Sportblousons und lief entschlossen am Forsthaus vorbei in den Stadtwald hinein.

Als sie am Weiher eintraf, war es vier Minuten vor elf und keine Menschenseele weit und breit zu sehen. Durch die Baumkronen konnte sie die dreiviertelvolle Sichel des Mondes ausmachen. Sie stellte sich hinter eine Buche und wartete.

Nur wenig später näherte sich eine Person. Lisbeth kniff die Augen zusammen. Der Statur nach war das der bullige Kerl von heute früh. Und tatsächlich, er blieb auf der kleinen Brücke stehen. Kurz darauf traf auch ihr Enkel ein.

»Hast du den Stoff?«, fragte der Bullige, ohne ein Wort der Begrüßung.

»Ja.« Karsten beförderte ein Tütchen aus seiner Hosentasche.

In dem Moment, als er es dem anderen überreichen

wollte, trat Lisbeth hinter der Buche hervor.

»Guten Abend, Karsten«, sagte sie mit fester Stimme.

Karsten fuhr herum und sah Lisbeth an, als stünde ein Gespenst vor ihm. »Was machst du denn …«

»Kennst du die Alte etwa?«, fragte der andere erstaunt.

»Äh, ja, … das ist … das ist meine Oma«, stammelte Karsten.

»Deine Oma? Ich lach mich tot. Was hat die hier zu suchen?«

»Das will ich Ihnen gerne sagen, junger Mann«, begann Lisbeth und baute sich mutig vor dem Typen auf, der immerhin anderthalb Köpfe größer war als sie. »Wenn Sie mit meinem Enkel Drogengeschäfte machen …«

»Oma, bitte!«

Der Bullige lachte schallend. »Hey, Alter, deine Oma ist echt krass.« Er beugte sich zu Lisbeth herunter und sah ihr in die Augen. »Du machst jetzt trotzdem besser die Biege, *Oma*«, sagte er mit Betonung auf den letzten drei Buchstaben.

»Wollen Sie mir etwa drohen? Wenn das so ist, kann ich auch gleich die Polizei rufen«, schleuderte Lisbeth ihm entgegen.

»Oma, halte dich da raus, bitte!«, bettelte Karsten.

Lisbeth drehte sich zu ihm um. »Du sagst mir jetzt auf der Stelle, was hier vorgeht.«

Doch Karsten blickte sie mit vor der Brust verschränkten Armen trotzig an.

»Nun gut, wenn das so ist, gehen wir jetzt alle zusammen zur Poli …«. Die letzte Silbe ging in einem gurgelnden Laut unter, bevor Lisbeth zu Boden sank. Einatmen, war das Letzte, was sie dachte, während sich rote Schaumbläschen in ihrem Mundwinkel bildeten. Dann wurde es dunkel um sie herum.

◆

Verwundert sah Karsten zu ihr herab. Als seine Augen wieder nach oben wanderten, blickte er geradewegs in eine blutverschmierte Messerklinge, in der sich das Mondlicht spiegelte. Hastig fiel er auf die Knie und packte Lisbeths Schultern. Hier kam jede Hilfe zu spät.
»Spinnst du!«, schrie er seinen Kumpel wütend an. »Du hast meine Oma umgebracht. Was machen wir denn jetzt?«
Am nächsten Morgen fand ein Hundehalter Lisbeths Leiche bäuchlings auf dem Dambachweiher treibend. Ihr Sportblouson blähte sich über ihr auf wie ein Ballon.

DIE WÜRDE DES MENSCHEN
von Thorsten Weiß

Der Tag ist traumhaft. Taneesha spaziert mit ihrem Sohn Noam an der Hand durch den Park. Die Blumen, Büsche und Bäume strahlen in satten Farben um die Wette, die Vögel zwitschern fröhliche Lieder. Der Südwind streicht warm über ihre Haut. So einen Ort hätte sie sich daheim in Koshobe, ihrem Dorf in Nigeria, nicht einmal im Traum vorstellen können. Sie erreichen einen der kleinen Seen, die wie Perlen an einer Schnur den Park durchziehen, und Taneesha setzt sich auf eine Bank. Über dem Wasser des Albert-Mangelsdorff-Weihers flirrt die Luft. In seiner Mitte schießt eine Fontäne in die Höhe, ihre Gischt bricht sich zu Dutzenden winziger Regenbogen.

Lächelnd sieht sie zu, wie Noam zum Teich saust und mit kindlicher Ernsthaftigkeit sein Boot zu Wasser lässt. Für solche Augenblicke hat sie ihre Heimat, Familie und Freunde verlassen und ist in dieses fremde Land geflohen. Für ein Leben ohne Terror und allgegenwärtigen Tod, ohne religiöse Eiferer, die Kinder entführen oder töten, weil sie zur Schule gehen, lernen und lachen. Noams Boot ist nicht mehr als ein Stück Holz mit einem Fetzen Pappe als Segel. Weit beugt er sich über den Weiher und taucht seine Hände tief ein. Das friedliche Bild verschwimmt vor Taneeshas Augen, sie sieht sich wieder im Schlauchboot auf dem Mittelmeer. Zu viele Menschen auf engstem Raum, Frauen und Kinder in der Mitte, die Männer dicht an dicht auf den Seitenwülsten. Das überladene Gefährt schwankte heftig, während es sich von einem

Wellenkamm zum nächsten kämpfte.

Noam erzeugt künstliche Wellen, indem er die Hände von rechts nach links und wieder zurück durch das Wasser zieht. Sein Boot nimmt Fahrt auf. Er jauchzt und verstärkt seine Anstrengungen, so dass es sich weiter und weiter vom Ufer entfernt. Taneesha laufen Tränen über das Gesicht. Es zerreißt ihr das Herz, dass ihr Mann Adekunle Noams unbeschwertes Spiel nicht erlebt. Warum hatte er nicht auf sie gehört? Schon lange wollte sie fort, dem Kreislauf des Schreckens entfliehen. Doch er war entschlossen zu bleiben. Das kleine Reisfeld, ihren bescheidenen Wohlstand zurücklassen für eine ungewisse Zukunft in der Fremde? Das konnte er nicht. Adekunle bezahlte teuer für seine Beharrlichkeit. Bewaffnete Männer auf Motorrädern griffen ihn und die anderen Bauern auf den Feldern an. Die Fanatiker der Boko Haram. Sie fesselten die Landleute und schnitten ihnen die Kehlen durch. Das Bild dutzender Leichen, in weiße Tücher gehüllt auf dem Dorfplatz aufgebahrt, wird sie zeitlebens verfolgen.

Aus dem Regenbogenschleier der Fontäne bricht ein zweites Boot hervor. Es hält direkt auf Noams ziellos dahintreibendes Segelschiffchen zu. Sein spitzer Bug ragt weit empor. Es erscheint Taneesha, als stünde sie erneut dem libyschen Schnellboot auf dem Mittelmeer gegenüber. Gerade keimte Hoffnung auf, ein Rettungsschiff hatte sie erreicht und sein Beiboot zu Wasser gelassen. Die Besatzung reichte erste Schwimmwesten herüber. Da rasten die Libyer so dicht vorbei, dass das Schlauchboot von Taneeshas Gruppe fast kenterte. Viele Flüchtende schrien, einige sprangen vor Angst ins Meer. Die libyschen Milizsoldaten schnitten ihnen den Weg zum Rettungsschiff ab. Sie gestikulierten, ihre

Rufe klangen fordernd, dann sah Taneesha, wie die Angreifer ein Maschinengewehr auf sie richteten. Ihre Retter im Beiboot zogen sich langsam zurück, redeten beruhigend auf die Libyer ein. Die Männer auf den Seitenwülsten suchten Schutz hinter den Frauen und Kindern. Dabei stießen und traten sie auf jeden ein, der ihnen im Weg war. Kinder fielen über Bord, Frauen schrien und wurden von den rasenden Männern niedergebrüllt. Das Schlauchboot schwankte, bekam Schlagseite, kenterte. Die Milizionäre schossen, erst in die Luft, dann ins Wasser. Es gelang Taneesha, Noam zu packen und sich an dem kopfüber treibenden Schlauchboot festzuhalten. Eine Ewigkeit schien zu vergehen, bis die Retter ihnen zu Hilfe kamen. Viele ihrer Leidensgefährtinnen wurden ebenfalls geborgen. Einige Unglückliche jedoch ertranken, andere saßen schließlich unter vorgehaltenen Waffen an Bord des libyschen Schnellbootes, das sich auf den Rückweg zur Küste machte.

Ein Schrei holt Taneesha in die Gegenwart zurück. Noams Schrei. Das schlanke Spielzeugboot, welches ihre Gedanken in die libysche Hölle katapultiert hatte, rammt Noams Nussschale, das Pappsegel bricht ab und versinkt im Weiher. Nicht weit von ihnen entfernt stehen ein Junge, kaum älter als Noam und mit dem goldenen Haar junger Löwen, sowie ein schmächtiger Mann. Das Kind hält eine Fernbedienung, beide lachen und klatschen sich ab. Der Erwachsene zeigt auf die Reste von Noams Spielzeug, und der Junge steuert erneut frontal darauf zu. Beim Aufprall zerbricht es in zwei Teile. Wütend springt Taneesha auf und geht – laut in ihrer Muttersprache Kanuri schimpfend – auf die beiden zu. Sie hat die Gefahren einer langen Flucht nicht auf sich genommen, um weiter drangsaliert zu werden. Der Mann mustert Taneesha geringschätzig, schiebt den jungen Löwen schützend hinter sich und spuckt ihr vor die Füße. Sie ballt die Fäuste, macht einen Ausfallschritt und schubst den ungehobelten Kerl. Erstaunt reißt der die Augen auf, verliert das Gleichgewicht, stolpert gegen die nicht einmal kniehohe Begrenzungsmauer des Weihers und stürzt kopfüber ins Wasser.

Taneesha nimmt Noam an die Hand und geht davon. Die Blumen, Büsche und Bäume strahlen in satten Farben um die Wette, die Vögel zwitschern fröhliche Lieder. Der Südwind streicht warm über ihre Haut.

AM SEE

FENSTER ZUM SEE
von Oliver Baier

Bunte Lichter trieben auf dem See. Der Schrei eines Reihers übertönte die Bässe, die aus der Diskothek am Seeufer hallten.

Es musste Wochenende sein.

Von der anderen Seite des Sees erhellten die Lichter der vorbeidonnernden Autos den Kiesweg.

Jasmin griff nach der Türklinke des Wohnwagens. Immer wieder hatte sie den Griff kontrolliert und dann zum See geschaut. Immer wieder, wenn er gegangen war. Der Mann mit der Pferdemaske aus Latex.

Die Tür war nicht abgeschlossen.

War das eine Falle?

Auf der anderen Seeseite saß wie so häufig der Mann auf der Bank. Er drehte ihr den Rücken zu. Ein vertrautes Bild, sie sah ihn oft dort sitzen. Im Winter trug der Mann eine Strickmütze auf seiner Halbglatze. Im Sommer eine Cap. Heute glänzte die Glatze mit dem Vollmond um die Wette.

Ihr Blick ging zum See, zur Autobahn, in die Freiheit. Durch einen freien Fleck in der verspiegelten Fensterfolie, der sie mit der Welt verband.

Sie presste ihre Ohren an die Wand des Wohnwagens. Nur die Bässe der Diskothek am See vibrierten. Das kitzelte ihr im Ohr.

Er sagte immer nur diesen einen Satz zu ihr, wenn er bei ihr war. »Du kommst hier nie wieder weg.« Dabei bewegte sich der Mund der Pferdemaske nicht.

Er nannte nie seinen Namen, knackte mit seinen Fingern. Jeden einzeln. Ganz langsam.

Jetzt oder vielleicht nie.

Sie trug eines der kurzen Kleider und hohe Pumps, die ihr geblieben waren. Zu jedem Vollmond ein neues Kleid. Wie Cinderella. Auf den acht Quadratmetern sollte sie nicht laufen. Sie wartete immer. Bis sich der Schlüssel im Schloss drehte, sie die Injektionsnadel spürte und sich auf die Mitte des Sees träumte. Dort war es kühl und sanft. Sogar der Vollmond leuchtete in ihr Gefängnis.

Die Tür quietschte, nachdem Jasmin die Klinke heruntergedrückt hatte. Campingplatz Hegbachsee. Ein Schild in der Dunkelheit. Motten flogen um den Lichtstrahl. Wo immer das auch war. Doch ohne ihr Mobiltelefon keine Chance.

Vielleicht interessierte das auch niemanden mehr.

Um den Vorplatz des Wohnwagens herum waren Sichtschutzwände aufgebaut. Eine Plastikplane verdeckte den Wagen, der sicher seit Jahrzehnten nicht mehr bewegt worden war. Ansonsten wirkte der Bereich so, als käme hier niemand regelmäßig zu Besuch.

Als ob hier niemand lebte.

Jasmin musste die Schuhe ausziehen, um zu rennen. Sie wackelte, als sie auf einem Bein stand. Das hatte sie schon ewig nicht mehr getan. Der Boden war weich.

Sie könnte ein Mädchen aus der Diskothek auf der anderen Seite des Sees sein. Eines, das am Wochenende mit den Freundinnen unterwegs war.

Ein freies Mädchen.

Die hohen Bäume über ihr hatten rasierte Wipfel. Vielleicht war das alles nach dem großen Sturm passiert, als sie dachte, sie käme frei. Und geblieben war.

Die Spaziergänger auf der anderen Seeseite hatten damals kurze Ärmel getragen. Niemand hatte sie hinter der kleinen Öffnung am Fenster bemerkt. Jasmin klopfte nicht mehr.

Sie roch *sein* Aftershave. Er war immer irgendwo. Zumindest in ihrem Kopf. War das Teil eines neuen Spiels?

Sie wusste nicht, wie sein Gesicht aussah. Jasmin wusste auch nicht, wie es ohne ihn weiterging. Ohne die Spritzen. Er war der Einzige, der sie besuchte und sich um sie kümmerte. Alle anderen hatten sie sicher schon vergessen. Niemand suchte sie.

Ein vergessenes Mädchen.

Jasmin fror in ihrem kurzen Kleid. Trotz der Hitze.

Der Mann auf der anderen Seeseite saß noch immer dort. Er könnte ihr helfen. Sie von hier wegbringen. Sie retten. Wenn sie nur schnell genug lief, bevor *er* zurückkam. Sie wieder einschloss und sie für immer bleiben müsste. Solange sie lebte.

Der Boden war nass und rutschig. Er hielt Jasmin fest.

Folge deinen Augen. Folge einfach deinen Augen und laufe los, ging es ihr durch den Kopf. Sie drehte sich zur Tür um. Durch die sie nie wieder zurück wollte. Sie würde ihn nie wieder sehen.

Sie musste hier weg.

Sollte sie an den Lichtern der Diskothek vorbei oder durch die Dunkelheit auf die andere Seite des Sees? Unerkannt zum nächstbesten Auto, dass sie in Sicherheit bringen würde.

Lass es deinen letzten richtig guten Lauf werden, Jasmin. Renn.

Du hast nur diese eine Chance.

Sie rutschte den ersten Abhang zum See hinab, verfing sich an einem Ast. Eine Ente flog davon. Ihr Schrei zu laut. *Er* würde sie finden. Sie wieder einsperren. Und bestrafen. Du wirst mir niemals entkommen. Das Wasser griff nach ihr. Ihr Fuß blieb im Morast stecken.

Der Mann auf der Bank saß dort noch immer. Er hatte sich nach dem Schrei der Ente nicht umgedreht. Jasmin zog den Fuß aus dem Morast, warf ihre Schuhe weg. Die würde sie nie wieder brauchen.

Sie rannte.

Es war nicht mehr weit. Jeder Schritt ein Schritt in die Freiheit. Die Lichter der Autobahn. Die Gesichter ihrer Eltern. Würden sie sie noch wiedererkennen und ihr glauben? Sie war endlich frei.

»Entschuldigung.« Sie atmete schneller. »Können Sie mir bitte helfen?«

Der Mann stand von der Bank auf. Er war groß und knackte mit seinen Fingern.

Als der Vollmond über dem Hegbachsee stand, leuchtete Jasmins Kleid auf dem See. Ihr Körper trieb zurück auf die andere Seeseite. So, dass man sie gut aus dem Wohnwagenfenster sehen konnte.

Ein totes Mädchen.

ES GESCHAH 1982
von Bernd Köstering

Elfriede hebt den Kopf. War das ein Klingeln? Sie stemmt sich mühsam aus ihrem Sessel hoch und schlurft zur Wohnungstür. Mit ihren 85 Jahren läuft sie langsam, doch der Weg ist nicht weit, die Arbeiterwohnungen in Frankfurt-Schwanheim sind klein.

Sie öffnet die Tür.

»Eberhard ... bist du das?«, ruft sie erstaunt, fast schon erschrocken.

Er nickt. »Ja, Elfie, ich bin's. Ich weiß, wir haben uns ein paar Jahre nicht gesehen.«

Sie kann ihren Ärger nur schwer verbergen. »Ein paar Jahre nennst du das? Tom ist 1982 ertrunken, kurz danach bist du noch ein einziges Mal hier gewesen – das war's. Diese ›paar Jahre‹ sind also 40 Jahre!«

Eberhard schaut betreten auf seine Schuhe. Sie sind schmutzig. »Ja, du hast recht. Aber deswegen bin ich ja hier.«

»Weswegen?«

»Wegen Tom!«

Elfriede zieht es den Hals zu. Sie kann nichts mehr sagen, winkt ihn nur herein. Er setzt sich auf die Couch, sie öffnet das Barfach in der Schrankwand und holt die Flasche mit dem Apfelkorn heraus. Sie gießt ihm wortlos ein und lässt sich wieder in den Sessel fallen. »Was willst du?«

Er dreht das Schnapsglas in der Hand und sagt: »Meinst du immer noch, Tom sei ermordet worden?«

»Ja, das meine ich!«

»Das wurde ja nie bewiesen.«

»Ich weiß. Trotzdem.«

»Na gut«, murmelt Eberhard. »Ich bin gekommen, um dir zu sagen, wie dein Sohn ums Leben kam.« Er sieht sie scheu an, geduckt, wie ein Reh in einer Fichtenschonung.

Elfriede spürt einen fauligen Geschmack im Mund. »Jetzt? Jetzt, nach 40 Jahren kommst du einfach so hier reinmarschiert und verkündest, dass du den Mörder kennst? Hast du das nicht früher gewusst?«

»Ja, schon …«

Sie greift ein Kissen und schleudert es mit der Kraft, die ihr nach all den Jahren der Trübsal geblieben ist, auf Eberhard. Der duckt sich weg und schafft es gerade noch, den Apfelkorn im Glas zu halten.

»Es ist … mein schlechtes Gewissen, ich sage es ganz ehrlich.«

»Warst du es?«

»Nein! Ich …«

»Bist du krank? Sterbenskrank? Musst du kurz vorher noch die Beichte ablegen?«

Eberhard schießt hoch, der Apfelkorn läuft über seine Hand, in seinen Ärmel und auf den Teppich. »Meine Güte! Ich bin nicht krank, ich wollte es einfach loswerden.«

»Also dann: raus damit!«

Er setzt sich wieder. »Die Schmitt'sche Grube wurde Anfang der 70er stillgelegt. Der Sandabbau lohnte sich nicht mehr. Du weißt, dass ich das Gelände gut kenne. Besser gesagt: kannte. Heute ist dort ein Naturschutzgebiet, rund um die Schwanheimer Düne. Dein Mann kannte die Gegend auch gut, er war ja schließlich mein Vorgesetzter.«

»Mein Ex-Mann. Uwe, dieser Nichtsnutz!«

»Die Grube füllte sich mit Wasser, immer mehr, bis der heutige See entstand. Am Rand gab es einen alten Bunker, dicker Beton mit zwei Fenstern, ziemlich eng da drin. Tom und sein Freund Michael haben sich dort oft versteckt.«

Elfriedes Hände zittern. Sie hat das Gefühl, dass Eberhard tatsächlich etwas weiß, was sie nicht weiß.

»Sie fanden das toll, es war ein Abenteuer für sie, mit Rittern und Schwertern und so was. Ich habe Tom gesagt, er soll das lassen, der Bunker ist schon zehn Zentimeter abgerutscht, das ist gefährlich. Ja, das habe ich gesagt, oft, Elfie! Sehr oft!«

»Aber er hat nicht gehört, oder wie?«

»Nein. Waren ja auch erst 14, die beiden. Sie haben dort gespielt, in so einer Art Ritterkostüm.«

Elfriede muss würgen. »Das habe ich ihm zu Fasching geschenkt.«

Eberhard nickt. »Ich habe mit Michael gesprochen, er hatte gestern Geburtstag, wurde 54. Tom war schon in dem Bunker drin, als der abrutschte, Michael noch draußen, er hat versucht, das Ding aufzuhalten, aber das war natürlich unmöglich.«

Elfriede spürt Tränen über ihr Gesicht laufen.

»Michael hat dann um Hilfe gerufen«, fährt Eberhard fort. »Aber da war niemand in der Nähe. Er musste bis zum Parkplatz laufen, die Feuerwehr kam, aber es war zu spät. Tom ist ertrunken. Er steckte in der kleinen Öffnung fest und schaffte es nicht, sich zu befreien.«

»Wegen des Ritterkostüms?«, fragt Elfriede flüsternd.

»Das weiß ich nicht.«

»Also war es doch ein Unfall?«

»Nein, es war Mord!«

»Du meinst, ich hätte ihm nicht …«

»Nein, Elfie, dich trifft keine Schuld. Uwe. Uwe ist der Mörder!«

»Was?« Elfriede schießt hoch. 40 Jahre hat sie nichts geahnt. Und jetzt … ihr eigener Mann?

»Uwe hat den beiden erklärt, der Bunker sei ungefährlich und meine Warnung sei Quatsch, sie sollten ihm glauben, ihm! Schließlich sei er ja mein Chef.«

Eine schwarze Ahnung kommt langsam und mit einem furchtbaren Schmerz aus Elfriedes Innerem hoch.

»Das … also, das hat Uwe zu Tom gesagt?«

»Ja, Uwe hat es mir gegenüber bestätigt und behauptet, er habe nicht gewusst, dass der Bunker gefährdet sei. Blöde Ausrede. Er hat das absichtlich gemacht. Und so etwas nennt man Mord!«

Elfriede nickt, unfähig, etwas zu sagen.

Eberhard atmet tief ein. »Ich habe den Mund gehalten. Aus purer Feigheit.«

Elfriede sieht ihn an, ohne zu wissen, wie sie reagieren soll.

»Nur eins fehlt mir noch an der ganzen Geschichte«, fährt er fort. »Das Motiv!«

Elfriede nickt, mehrmals, immer wieder, immer wieder. Eberhard sieht sie fragend an.

Endlich schafft sie es, den Mund zu öffnen: »Tom, er war mein Sohn.« Ihr Blick senkt sich auf ihre Schuhe. Auch an ihnen klebt Schmutz. »Aber er war nicht Uwes Sohn. Ich habe ihm das ein paar Tage zuvor gestanden.«

ZURÜCK AUF LOS
von Peter Luyendyck

Kennengelernt hatte Rudi den Boss, wie Boris von seinen Männern genannt wurde, am Langener Waldsee, wo er mit einigen seiner Jungs irgendeinen Erfolg feierte. Ein alter Bekannter, der von Rudis ewigen Geldnöten wusste und mit dem er schon einige Sachen gedreht hatte, stellte ihn dem Boss vor. Dabei schwärmte er so von Rudis Fähigkeiten, dass Boris Rudi spontan zu einem Glas Champagner und einigen Kaviar-Häppchen einlud. Noch im selben Monat wurde Rudi Mitglied der Gang.

Doch heute, nach fünf aufregenden und lukrativen Jahren, wurde ihm klar, dass seine Tage gezählt waren! Er hatte sich in eine hoffnungslose Lage manövriert. Seinem Vorgänger war es ähnlich gegangen. Auch zu ihm hatte der Boss schließlich kein Vertrauen mehr gehabt. Von heute auf morgen war der Kollege verschwunden, und seine Existenz wurde mit keinem Wort mehr erwähnt.

Jetzt bin ich an der Reihe, dachte Rudi voller Panik. Dabei hatte er bei so vielen Operationen mitgemacht und dazu beigetragen, dass Boris in einer Villa mit zwölf Zimmern wohnte und ein Landhaus sowie eine Yacht in Griechenland besaß.

Er verfluchte sich, so gierig gewesen zu sein und darüber hinaus so naiv, nicht gecheckt zu haben, dass Boris den Tippgeber kannte.

Der gestrige Bruch hatte sich rentiert. Bevor Rudi mit der Beute zum Treffpunkt fuhr, an dem Boris schon wartete, hatte er zwei der erbeuteten Geldbündel in der

Garage des Nachbarn deponiert.

39 Banderolen, immerhin fast zwei Million Euro, hatte er brav abgeliefert.

Zwei Päckchen dagegen behalten. Dieser Bonus war verdient, fand er.

Es war noch dunkel gewesen, als zwei Kumpel an seiner Haustür klingelten: »Der Boss sagt, wir sollen dich abholen«, lautete ihre knappe Information. Unterwegs im Auto versuchte er, mit ihnen ein Gespräch anzuknüpfen, aber sie reagierten nur mit kollektivem Schulterzucken.

Als Rudi das klirrende Metall von Rollläden hörte, die bei der Ankunft hoch- und nach der Einfahrt des Autos wieder heruntergingen, wusste er, wo er war. Er erinnerte sich an die aufgegebene Fabrik und an den Kellerraum. Und dachte mit Grausen daran, wie der Boss hier einen Mitarbeiter wegen einer Nichtigkeit zum Krüppel geschlagen und ein Entführungsopfer umgebracht hatte.

Ohne ein Wort führten ihn die Kollegen vom Auto in den Keller und ließen ihn allein. Er hörte, wie sie die Tür abschlossen. Seine Machtlosigkeit wurde Rudi jetzt richtig bewusst. Er hatte Angst, panische Angst!

Es dauerte Stunden, bis Boris sich sehen ließ. Seine Stimme klang freundlich und sanft: »Wie du weißt, fehlen zwei 500er Banderolen. Das sind 100.000 Euro. Was hast du damit gemacht?«

»Ich verstehe nicht, was du meinst. Du hast alles bekommen, was da war.«

Boris schaute ihn traurig an. »Nein, es waren 41 Bündel. Dem Informanten kann ich trauen.«

Halbherzig versuchte es Rudi jetzt mit Ironie: »Hat

der Typ seine Provision schon abgezogen?«

»Mein Junge, das ist nicht lustig. Ich will wissen, wo das Geld ist. Überlege es dir in Ruhe und gib mir Bescheid. Ich komme wieder.« Mit diesen Worten verließ der Boss den Raum.

Rudi war überzeugt, dass er nach einem Geständnis die Garage mit den Füßen voraus verlassen würde. Sinnlos, um Mitleid zu betteln. Dafür kannte er den Boss zu gut. Aber solange Boris das Geld nicht fand, würde er am Leben bleiben.

Am Abend erhielt er eine dünne Matratze, einen Plastikeimer, ein Mineralwasser, einen Karton Milch und eine Packung Cornflakes.

Als Rudi am nächsten Morgen aus einem unruhigen Schlaf erwachte, fühlte er sich wie gerädert. Langsam öffnete er die Augen und sah als erstes die Cornflakes-Packung. In diesem Moment tauchte eine Idee in ihm auf.

Ja, das könnte funktionieren. Auch als Toter könnte er Boris das Leben noch schwer machen. Die anfängliche Angst war dem Durst nach Rache für das, was Boris ihm antun würde, gewichen.

Rudi setzte sich hin und zerdrückte eines seiner Brillengläser. Er überprüfte die Scherben. Ja, scharf genug!

Den Rest des Tages verbrachte er damit, sein Vorhaben in die Tat umzusetzen.

Erst am nächsten Vormittag tauchte Boris wieder auf. Er schaute auf Rudi hinunter, der reglos auf der Matratze saß. »Wir haben deinen Nachbarn davon überzeugen können, die von dir angemietete Garage zu öffnen. Übrigens ein sehr kompliziertes Schloss für so 'ne einfache Garage. Du weißt, was Sache ist!«

Boris drehte sich um und schlug die Tür hinter sich zu. Rudi lachte panisch auf und verstummte gleich wieder Es war jetzt ganz still um ihn herum. Die Stille trug die Ruhe des Endes in sich.

Eine Woche später wurde Rudis Leiche von einem Arbeiter des Kieswerks im Langener Waldsee entdeckt. Zu dem Ort, wo alles für ihn angefangen hatte, war er schließlich zurückgekehrt.

Der Pathologe, der die Autopsie durchführte, wunderte sich über eine Plastiktüte mit winzigen Papierschnipseln im Magen des Verstorbenen. Und freute sich wie ein kleines Kind, als er feststellte, dass die Schnipsel aus vielen Buchstaben bestanden, die offensichtlich aus einer Verpackung herausgeschnitten worden waren.

Er breitete sie auf dem Labortisch aus und begann, das Puzzle zu lösen. Es enthielt einen Namen, der der Polizei nur allzu gut bekannt war, sowie den Hinweis auf einen Ort, an dem genug Beweise verborgen waren, um Boris lebenslang hinter Gitter zu bringen.

AUF ABWEGEN
von Petra Spielberg

»Bist du soweit?«

»Ja.« Mario zog den Gurt seines neongelben Fahrradhelms straff und reckte Steffen den erhobenen Daumen entgegen.

»Dann los!«, gab Steffen das Kommando, schwang sich auf den Sattel seines Mountainbikes und brauste davon.

Schon bald fuhren die beiden jungen Männer mit hoher Geschwindigkeit durch die Straßen von Raunheim, am S-Bahnhof vorbei Richtung Felder. Sie wollten zum Lindensee radeln. Der kleine, nur wenige Kilometer südlich vom Frankfurter Flughafen gelegene Waldsee war ein Highlight für Mountainbiker, denn der Trail führte mitten durch ein riesiges Naturschutzgebiet.

Die knapp zweistündige Tour galt als anspruchsvoll. Aber Steffen und Mario machten regelmäßig gemeinsame Touren und verfügten über eine gute Kondition. Außerdem hatten sie vor, zwischendrin in der Odenwaldhütte Rast zu machen und im Lindensee eine Runde zu schwimmen, bevor es wieder heimwärts ging. Der See war kein offizieller Badesee. Aber es war Mittwochmorgen, die großen Ferien waren vorbei, deshalb gingen sie davon aus, dass sich zu so früher Stunde außer ihnen niemand an diesem einsamen Fleckchen tummelte.

Ihre Trikots klebten ihnen am Rücken, als sie das Naturschutzgebiet erreichten. Doch als sie in den Mischwald eintauchten, umfing sie eine angenehme Kühle. Schweigend fuhren sie durch die unberührte

Landschaft und konzentrierten sich voll auf ihren Trail. Nach einer guten Dreiviertelstunde passierten sie das ehemalige Jagdschloss Mönchbruch.

»Hey Steffen, schau mal die Störche da hinten auf dem Feld!«, rief Mario seinem Freund zu.

Doch Steffen, der in einem halsbrecherischen Tempo vorneweg fuhr, hatte keine Augen für seine Umgebung. Mario hatte Mühe, mit ihm mitzuhalten. Wenn sein Freund erst einmal auf dem Sattel saß, heizte er drauflos, als hinge sein Leben davon ab, oftmals zum Ärger von Spaziergängern oder Hundehaltern, deren wütende Schimpftiraden an Steffen jedoch abperlten wie Wasser an einem Regenschirm.

Um kurz nach neun erreichten sie die Odenwaldhütte. Das urige Holzhaus inmitten des Waldes hatte eben erst geöffnet. Trotzdem saß bereits ein Gast an einem der langen Biertische im Freien und genoss seinen Kaffee. Er blickte auf, senkte das Buch, in dem er gelesen hatte, und nickte Mario und Steffen zu, als sie an ihm vorbeigingen.

»Hi«, grüßte Mario.

»Hi! Wo soll's denn hingehen?«, fragte der Mann mit Blick auf die Räder.

»Zum Lindensee.«

»Seid ihr häufiger hier unterwegs?«

»Ich bestell uns schon mal was zu trinken, Mario. Für dich 'ne Apfelsaftschorle?«, fragte Steffen, während er zur Hütte ging.

»Ja.« Mario nickte Steffen zu.

»Ab und an«, wandte er sich wieder an den Fremden. »Interessante Lektüre?« Mit dem Kinn wies er auf das aufgeschlagene Buch.

Der Mann hob das Buch hoch und zeigte Mario den

Titel.

»*Der Schwarm* von Frank Schätzing«, las Mario laut vor.

»Kennst du es?«

»Ja, das heißt, nein, gelesen habe ich es nicht. Ist mir zu dick. Ich weiß nur, dass es ein Öko-Thriller ist, der irgendetwas mit durchgeknallten Meerestieren zu tun hat.«

»Stimmt!«

»Sind Sie Biologe oder so was in der Art?«

»Eher so was in der Art.« Über das Gesicht des Fremden glitt ein zweideutiges Lächeln.

»Was meinen Sie?«

»Hey, Mario, kommst du endlich? Ich habe Durst«, rief Steffen vom Nachbartisch, wo er inzwischen Platz genommen hatte.

»Sorry, mein Kumpel ...«, entschuldigte sich Mario achselzuckend.

Der Fremde nickte und widmete sich wieder seiner Lektüre.

»Was hast du denn mit dem Althippie so lange gequatscht?«, wollte Steffen wissen.

»Althippie?«

»Na, so wie der aussieht, mit seinen halblangen Haaren und den Klamotten.«

»Psst! Nicht so laut. Er kann uns doch hören. Er schaut schon rüber.« Mario blickte verlegen zu dem Fremden, der mit unbewegter Miene zurück starrte.

»Wir liegen super in der Zeit«, sagte Steffen, während er seinen Fitnesstracker checkte. »Wenn wir so weitermachen, sind wir locker vor zehn am Waldsee.«

»Willst du wieder die Abkürzung nehmen?«, fragte Mario. Er fuhr sich mit dem Handrücken über die nassgeschwitzte Stirn.

»Na klar. Alles andere macht doch nur halb so viel Spaß.« Steffen lachte und streckte seine langen Beine unter dem Tisch aus.

Wieder blickte der Fremde zu ihnen herüber. Ein kleines mazliöses Lächeln umspielte seine Lippen. Kurz darauf erhob er sich, klemmte sich sein Buch unter den Arm und verschwand.

Kurze Zeit später machten Mario und Steffen sich ebenfalls wieder auf den Weg. Bis zum Lindensee waren es nur noch gut viereinhalb Kilometer. Da die Strecke von nun an fast ausschließlich bergab führte, konnten sie so richtig Gas geben. Der Fahrtwind rauschte in ihren Ohren, als sie über den Weg rasten.

Hinter einer Biegung, unweit des Sees, verließ Steffen den offiziellen Streckenteil, um die mit mehreren Schanzen präparierte Abkürzung quer durch den Wald zu nehmen. Die Räder flogen nur so über die künstlich angelegten Hügel.

An einem Drop wäre Mario fast gestürzt, konnte sich aber gerade noch rechtzeitig wieder fangen. Im selben Moment erklang ein markerschütternder Schrei.

»Steffen, warst du das?«, brüllte Mario und trat in die Pedale, um zu seinem Freund aufzuschließen, den er aufgrund seines Beinahe-Sturzes aus den Augen verloren hatte.

Als er um die nächste Kurve bog, stockte ihm der Atem. Sein Freund lag reglos am Fuße einer Stieleiche. Mario sprang von seinem Rad und rannte zu ihm.

»Steffen! Was ist passiert?« Er kniete sich neben ihn und rüttelte hilflos an dessen Schultern. »Steffen? ... Steffen, so sag doch was!«, flehte Mario.

Doch Steffen rührte sich nicht. Sein Gesicht war

leichenblass und aus seiner Nase quoll Blut. Mit zitternden Fingern kramte Mario sein Handy hervor und wählte den Notruf. Doch es baute sich keine Verbindung auf.

»Fuck, hier ist ein scheiß Funkloch!«, fluchte er. »Verdammt, was mache ich denn jetzt?« Hektisch sah er sich um. »Ich bin gleich wieder da, Steffen. Ich fahre zur Odenwaldhütte zurück und hole Hilfe«, murmelte er schließlich mit erstickter Stimme, sprang auf und schwang sich auf sein Rad.

Er war kaum verschwunden, als ein Mann auftauchte und sich dem am Boden Liegenden näherte. Er bückte sich und fühlte Steffens Puls, der kaum mehr spürbar war. Der Mann stand auf, ging zum Trail, packte das Brett mit den dicken Nägeln, das er dort am frühen Morgen unter einer dünnen Schicht Erde vergraben hatte, ebnete den Boden wieder ein und lief hinüber zum See.

Eine leichte Brise kräuselte die Wasseroberfläche, als er seine Sandalen auszog und einige Meter in den See watete. Kraftvoll schleuderte er das Brett von sich. Mit einem lauten Platsch landete es im Wasser, wo es eine Weile vor sich hindümpelte wie ein kleines Floß und schließlich langsam zur Mitte des Sees trieb, argwöhnisch beäugt von einer Schar Enten.

Der Mann kehrte unterdessen an Land zurück, schlüpfte wieder in seine Sandalen und verschwand unbemerkt im Wald. Das Buch, das er unter einer Trauerweide am Ufer abgelegt hatte, ließ er zurück.

BLUTROTE KLIPPEN
von Dietmar Thate

Ihr Körper stürzt zwischen den Klippen hinab, rast kopfüber auf die Wasseroberfläche zu, verschwindet mit lautem Platschen für einen kurzen Moment, dann steigen Blasen hoch, ihr rotes Kleid taucht auf, bläht sich über ihrem Rücken. Ihr Körper treibt reglos an der Oberfläche. Ist da noch ein Zucken? Der Versuch zu schreien? Nein, kein Laut, kein wildes Rudern mit den Armen, nichts. Oder doch eine leichte Bewegung? Nein. Das Gesicht ist nach unten gekehrt, der Hinterkopf so rot wie das Kleid. Es ist zu Ende. Nach über 30 Jahren zu Ende.

Er muss mit jemandem reden. Ohne lange nachzudenken, zieht er sein Handy aus der Jackentasche und wählt die einzige Festnetznummer auf der kurzen Kontaktliste.

Eine weibliche Stimme begrüßt ihn. »Hallo, Junior, das ist ja eine Überraschung. Schön, mal wieder von dir zu hören. Wie geht's denn?«

»Ja, Mama, ich weiß, ich hätte mich schon längst melden sollen.«

»Erzähl doch, was treibst du so? Ich mach gerade die Bügelwäsche. Ist ja doch 'ne Menge im Haushalt zu tun, wenn man als alte Frau ganz alleine lebt. Hältst du deine Junggesellenbude ordentlich in Schuss?«

»Meine Bude, ja, also, weißt du, ich …«

»Ach lass mal, Kleiner, ich merk schon, ich habe dich ertappt. Aber ein Kerl hat's nicht so mit dem Putzen, das versteh ich. Dein Vater hat auch nie 'nen Lappen in die Hand genommen.«

»Jaja.«

»Aber nun erzähl von dir.«

»Ja.«

»Na komm. Da ist doch was.«

»Also, du weißt ja, damals, vor 30 Jahren, am Vogelsberger See, in den Dietesheimer Steinbrüchen.«

»Wie kommst du jetzt darauf? Das ist so lange her. Lass die Vergangenheit ruhen und sei froh, dass du den Sturz von der Klippe überlebt hast.«

»Als Krüppel, lebenslang an Krücken!«

»Unfälle passieren halt, gerade bei wilden Jungs.«

»Ich war nie ein wilder Junge.«

»Mit 16 sind alle wild.«

»Ich war nicht wild, ich war verliebt.«

»Du?«

»Erinnerst du dich an die Rote Rita?«

»Ach, du meine Güte, die mit der Jugendbande aus dem schlimmen Freigerichtviertel von Hanau?«

»Ja. Ja!«

»Die war deine große Liebe?«

»Ich hätte alles für sie getan.«

»Warum erzählst du mir das jetzt? Jugendsünden, mein Junge.«

»Ich muss das erzählen! Seit 30 Jahren humple ich an Krücken. Wegen ihr.«

»Was? Wovon redest du überhaupt?«

»Ich wollte ihr imponieren. Und dann habe ich sie zufällig beim Baden am Vogelsberger See getroffen. Sie hat gemerkt, dass ich ihr nachschleiche und gesagt, ich soll mich verpissen oder ihr beweisen, dass ich kein Weichei bin.«

»Das sind doch Kindereien.«

»Nein, das war bitterer Ernst. Wir sind hoch zu den steilen Klippen, auf die Brücke zwischen den Felsen. Trau dich, hat sie gesagt, spring runter in den See. Ich weiß nicht, wie lange ich da oben gestanden habe. Es fühlte sich wie eine Ewigkeit an. Ununterbrochen hat sie ›Feigling, Feigling‹ gerufen, hat hämisch gelacht. Irgendwann habe ich mich einfach fallen lassen. Ich hatte solchen Schiss und fühlte mich zugleich wahnsinnig toll – aber nur für zwei Sekunden. Das war mein Badeunfall in Dietesheim.«

»Du ... aber ...«

»Mutter, bist du noch dran?«

»Mein Junge! Du bist gesprungen? Nicht gestürzt?«

»Ja, und sie ist abgehauen, noch ehe der Notarzt kam, hat sich nie mehr bei mir gemeldet. 30 Jahre habe ich sie nicht mehr gesehen, dachte schon, ich wäre darüber hinweg.«

»Vergiss das Ganze, das ist das Beste, was du tun kannst.«

»Dafür ist es zu spät. Heute habe ich sie zufällig an den Klippen gesehen, wie vor 30 Jahren.«

»Oh. Was hat sie gesagt?«

»Sie hat mich gar nicht gesehen, ich war hinter ihr.«

»Aber du hast sie erkannt?«

»Sofort. Meine Erinnerung war total lebendig. Bei jedem verdammten Humpelschritt in den letzten 30 Jahren habe ich an sie denken müssen.«

»Was! So groß ist dein Hass?«

»Mein Hass? Ja – und meine Liebe.«

»Nach allem, was sie dir angetan hat?«

»Ich will mit ihr zusammen sein.«

»Ich versteh' dich nicht.«

»Als ich sie wiedererkannt habe, wurde mir fast

schwarz vor Augen. Mein ganzes verpfuschtes Leben zog an mir vorbei. Ich habe keine Sekunde gezögert, nur gehandelt.«

»Aber was hast du getan?«

»Sie sollte auch springen. Die Klippe herunter, wo ich mir einst die Knochen für sie zertrümmert habe.«

»Du wolltest sie zwingen, sich in die Tiefe zu stürzen?«

»Nein, ich habe sie gestoßen, im Vorbeigehen, blitzschnell. Mit der Krückenspitze habe ich sie voll am Rücken erwischt. Ich glaube, im Fallen hat sie mich noch erkannt.«

»Ist sie tot?«

»Soweit ich sehen kann, sie bewegt sich nicht. Ihr Kopf ist wohl am Seegrund auf einen Felsen geknallt. Im Wasser ist so viel Blut.«

»Du bist noch dort? Junge, du musst da sofort weg!«

»Ja, Mutter, aber es ist gut, dass wir noch mal miteinander gesprochen haben. Und jetzt kann ich gehen.«

»Meine Güte, lauf ganz schnell weg. Gibt's Zeugen? Wenn nicht, kann dir niemand etwas vorwerfen.«

»Das ist mir so egal!«

»Junge, verpfusch dir nicht dein Leben!«

»Was für ein Leben? Ich will zu ihr! Übers Brückengeländer bin ich schon drüber. Da unten ist sie, wunderschön in ihrem roten Kleid. Diesmal mache ich es besser, kopfüber, dann ist es schnell vorbei. Gleich bin ich bei i…«

TRAUMSTRAND
von Belinda Vogt

»Und nun, liebe Nadine, entspannen Sie sich und begeben sich in Ihren Gedächtnispalast.«

Nadine hörte auf die Stimme des Therapeuten und ließ sich fallen. Nach und nach tauchte die Silhouette eines baumbestandenen Ufers vor ihren Augen auf, davor glitzerndes Wasser und heller Sand. Sie lag nicht mehr auf der Récamiere in der hypnotherapeutischen Praxis, sondern auf einer gepolsterten Liege am »Pinta Beach«, dem neuen Strandbad am Raunheimer Waldsee. Nadine rekelte ihren eingeölten Körper im Schatten des Palmenschirms, die freie Liege neben ihr stand in der prallen Sonne.

»Sie sind nun an einem Ort Ihrer Erinnerung. Lassen Sie die Einzelheiten Gestalt annehmen.«

Nadine schaute sich um. Sie sah spielende Kinder im flachen Wasser, Spaziergänger, die lässig vorüberzogen, Schwimmer im grünen See. Von ferne schallten fröhliche Schreie vom Aquafunpark zu ihr herüber, während hier im gehobenen Strandabschnitt »Chamäleon« Paare an ihren Cocktail-Gläsern nippten.

Nadine überlegte. Was suchte sie hier? Wieso hatte die Hypnose sie gerade an diesen Ort geführt? Sie wusste, dass man mittels Hypnose unbewusste Erinnerungen wiederherstellen, blitzartige Eindrücke wie in Zeitlupe ablaufen lassen konnte, damit sie klar und deutlich lesbar wurden. Gesichter, Autokennzeichen, Zahlen. Deshalb hatte sie den Therapeuten aufgesucht. Sie suchte sechs Zahlen, eine Nummernfolge, die sie nur ein einziges Mal gesehen hatte, aber sie wusste weder wann noch wo.

Von ferne näherte sich ein dumpfes Grollen. Nadine richtete den Blick zum Himmel. So schön die Idylle mit Karibik-Feeling und Strandleben war, die donnernden Jets in der Einflugschneise zum Frankfurter Flughafen ließen sich nicht wegdenken. Alle fünf Minuten übertönte das Gebrüll ihrer Triebwerke die säuselnde Lounge-Musik aus den Lautsprechern der Tropical-Bar.

»Qatar« konnte Nadine am Bauch des Flugzeugs lesen, dazu die Bezeichnung A7-AHP. Das waren mehr Buchstaben als Zahlen. Offenbar hatte ihr Unterbewusstsein einen anderen Hinweis für sie vorgesehen.

Nadine stand auf und schlenderte durch die Reihen der Badegäste. Hielt der grauhaarige Sudoku-Spieler die Zahlen für sie parat? Oder die vier Jungs, die ein paar Plätze weiter Karten spielten? Einer legte ein Full House ab. Das ergab fünf Werte, keine sechs.

Nadine ging zurück zur Wasserlinie, wo zwei Kinder ein Raster in den feuchten Sand gezogen hatten und Kreise oder Kreuze in die Felder malten. Tic-Tac-Toe. Dunkel erinnerte sie sich, dass sie die Zahlen, falls sie sie finden würde, ebenfalls in ein Raster eingeben musste.

»Rufen Sie sich die entscheidende Situation in Erinnerung«, hörte sie den Therapeuten sagen.

Nadine kehrte zu ihrem Platz zurück. Auf der Liege neben ihr saß nun Benno, breitbeinig, mit einem Bier in der Hand, neben sich ein Bratwurstbrötchen.

»Wo warst du denn?«, maulte er mit vollem Mund. »Deinen verdammten Crêpe musst du dir selber holen, hast ja nicht gesagt, was drauf sein soll.«

Brummend vertiefte er sich in sein Essen.

Angewidert beobachtete Nadine, wie die Wurst Stück für Stück zwischen seinen dicken Lippen verschwand und er mit gierigen Schlucken den Plastikbecher leerte. Benno Krugmann, der größte Baumaschinen-Verleiher im Rhein-Main-Gebiet, warf das senfverschmierte Papptablett achtlos in den Sand und lehnte sich wohlig seufzend zurück.

Nadine erinnerte sich, dass sie ihn verlassen wollte, weil sie ihn nicht mehr ertrug. Seine grobe Art, die verächtlichen Sprüche, sein Desinteresse an allem, was sie toll fand. Sie war sicher, dass er sie mittlerweile schlechter behandelte als seine Ehefrau.

Doch sie würde keinesfalls ohne Abfindung gehen, ohne Schmerzensgeld für die Jahre des Wartens auf seine Scheidung. Jeden Monatsanfang stapelten sich dicke Geldbündel auf seinem Schreibtisch, nachdem seine Geschäftspartner ihn aufgesucht hatten. Zuvor musste sie das Büro verlassen, doch durch die Jalousie konnte sie das Händeschütteln und Schulterklopfen sehen und wie er das Geld hinter einem Bilderrahmen verstaute.

»Jetzt ist aber gut!«, rief Benno zwei Kindern zu, die um sie herumtobten und keine Ruhe gaben. Genau in diesem Augenblick wurde Nadine bewusst, dass sie die Situation schon einmal erlebt hatte. Ein Film lief ab, den sie schon kannte.

Wieder zog Benno den geöffneten Briefumschlag aus der Tasche seiner Bermuda-Shorts, faltete ein Blatt auseinander, bewegte lautlos die Lippen und schloss die Augen, um etwas auswendig zu lernen. Wieder lief der kleine Junge hinter seiner Schwester her, schwang eine Schaufel voll Sand, das Mädchen kreischte, der Junge holte aus, und die ganze Ladung flog auf Bennos

Schoß. Der sprang fluchend auf, stürzte auf die beiden zu, während das Blatt in die Lücke zwischen den beiden Liegen segelte.

»Secura-Wandtresore« konnte sie auf dem Briefkopf des Schreibens lesen. In einem freigerubbelten Feld standen die Zahlen 5-8-2-7-1-6, der Code für Bennos Geldspeicher.

Diesmal nutzte sie ihre Chance. Ehe er nach dem Papier greifen konnte, um es ihrem Blick zu entreißen, hatte sie sich die Zahlen schon eingeprägt.

»Und nun, verehrte Nadine, kommen Sie langsam zurück und nehmen wieder Ihre Umwelt wahr.«

Nadine hielt die Augen geschlossen, während sie im Geist die Zahlen wiederholte: 58 lautete Bennos Alter, 27 war sie selbst und 16 stand für das Jahr, in dem sie sich im Club kennengelernt hatten. Ganz einfach.

Nadine sah in das freundliche Gesicht des Therapeuten. »Ich hoffe, Sie haben gefunden, was Sie gesucht haben«, sagte er.

Nadine nickte.

In weniger als vier Wochen wäre sie auf dem Weg nach Santo Domingo – in die echte Karibik.

AUTORINNEN UND AUTOREN

Oliver Baier hat schon auf Alcatraz eingesessen, Ulrich Tukur im Tatort gedoubelt, und er vertrat die abwesende Hebamme bei der Hausgeburt seines dritten Kindes Charlotte. Er hat bisher u.a. im Konkursbuchverlag, mainbook Verlag und UniScripta Verlag veröffentlicht. Mit der Kurzgeschichte »Wolfsmärchen« hat er den Stockstädter Literaturpreis 2019 Rubrik Krimi gewonnen. Mit seiner Frau, drei pubertierenden Kindern und vielen Tieren lebt er im Rhein-Main-Gebiet.

Arri Dillinger machte zunächst eine Buchhändlerlehre in ihrer Heimatstadt Düsseldorf. Später arbeitete sie als Lehrerin an verschiedenen Sonderschulen und in der Psychiatrie. Auch in ihren Erzählungen spielt der psychologische Aspekt ihrer Figuren häufig eine wichtige Rolle. Von ihr ist bereits ein Band mit Kurzgeschichten in der Edition Power erschienen. Außerdem wirkte sie an zwei Anthologien des Mainbook-Verlages mit. 2015 und 2019 erhielt sie auf der »Buchmesse im Ried« den Stockstädter Literaturpreis. Die Autorin lebt in Frankfurt, ist verheiratet und hat zwei Kinder.

Karsten Eichner, geb. 1970 in Frankfurt am Main, ist Journalist und promovierter Historiker. Er schreibt Krimis und historische Sachbücher. Zuletzt erschien von ihm »Traumschiff Ahoi«, eine Kulturgeschichte der Kreuzfahrt. Im Hauptberuf arbeitet er als Unternehmenskommunikator für einen großen Wiesbadener Versicherer. Er lebt mit seiner Familie in der Nähe des Schiersteiner Hafens.

Nellie Elliot: Sie kann nicht anders als zu dichten. / Hat sie das studiert? Mitnichten! / Das meiste kommt so aus dem Bauch / und andre Sachen schreibt sie auch. / Gedichte sprechen, Lieder singen? Na, bien sûr! Lasst Stimmen klingen! Nellie Elliot tritt nicht nur als Autorin in Erscheinung, sondern auch als Sängerin. Unter ihrem bürgerlichen Namen Conny Krispin ist sie die weibliche Stimme des Duos »bien sûr«, gemeinsam mit Focke Schmidt (fretless Bass und Gesang). www.nellie-elliot.com, www.bien-sur.de

Leila Emami, die deutsche Drehbuch- und Krimi-Autorin mit iranischen Wurzeln, lebt und arbeitet heute im Rheingau. Sie schreibt Drehbücher für Spielfilme und historische Doku-Dramen, aber auch Theaterstücke und Krimis, welche sie am liebsten – z.B. bei ihren Krimi-Wanderungen durch das Mittelrheintal – vorliest. Im WWW ist sie als Bloggerin unterwegs und gibt Seminare für kreatives Schreiben. www.leila-e.de

Franziska Franke, geb. 1955 in Leipzig, studierte Kunstgeschichte, Klassische Archäologie, Kunstpädagogik und Biologie in Mainz und Frankfurt. Im Jahr 2009 begann sie eine Reihe historischer Kriminalromane, in denen sie neue Fällen um den Detektiv Sherlock Holmes entwickelte. 2011 erschien ihr erster Römer-Roman »Der Tod des Jucundus«, 2015 und 2017 die Folgebände »Wechselspiel in Mogontiacum« und »Die Halskette«. Sie lebt in Mainz, wo sie freiberuflich in der Erwachsenenbildung tätig ist. https://krimiautorin-franziska-franke.de/

Martin Franz, geb. 1964 in Wiesbaden, Verwaltungsangestellter, mag Science Fiction, begeistert sich für kuriose Kurzgeschichten à la Roald Dahl und hat vor vier Jahren sein Interesse an Krimis und die Freude am kreativen Prozess des Schreibens entdeckt. Seitdem arbeitet er an »tödlichen« Kurzgeschichten. »Das Bruni-Collier« ist seine erste Veröffentlichung.

Jürgen Heimbach, geb. 1961 in Koblenz, lebt in Mainz, arbeitet als Redakteur für den Fernsehsender 3sat und schreibt, vor allem historische Kriminalromane. Sein 2019 erschienener Roman »Die Rote Hand« (weissbooks Verlag, Frankfurt/M.) wurde mit dem Glauser-Preis als bester Kriminalroman des Jahres ausgezeichnet. Sein Kriminalroman »Vorboten« (2021 im Unionsverlag Zürich) stand auf der Longlist des Crime Cologne Award. www.juergen-heimbach.de

Ulrike Keding, geb. 1963, hat Theater-, Film- und Fernsehwissenschaften sowie Anthropologie in Wien studiert und ist ausgebildete Rundfunk- und Fernsehredakteurin. Sie war Reporterin beim Auslandssender Deutsche Welle TV, RBB, WDR und ZDF. Die freie Journalistin und Autorin hat zuletzt das Buch »Die heimliche Freiheit. Eine Reise zu Irans starken Frauen«, Herder-Verlag 2020, veröffentlicht.

Bernd Köstering, geb. 1954 in Weimar/Thüringen, lebt in Offenbach am Main. Er entwickelte mit dem Gmeiner-Verlag das Genre des Literaturkrimis, in dem ein bekanntes Werk der Weltliteratur den jeweiligen Fall auslöst oder auflöst. Seine Goethekrimis um den Privatermittler Hendrik Wilmut haben unter Fans inzwischen Kultcharakter. Köstering veröffentlichte bisher sieben Romane, zahlreiche Kurzgeschichten und Krimirätsel. Neben dem Schreiben gilt seine Leidenschaft drei Damen und drei Gitarren. www.literaturkrimi.de

Susanne Kronenberg, geb. in Hameln, lebt und arbeitet als freie Schriftstellerin in Taunusstein. Zu ihren Veröffentlichungen zählen u.a. 12 Kriminalromane, davon neun mit der Wiesbadener Privatdetektivin Norma Tann (ab 2023 »Wiesbadener Visionen«), Kurzgeschichten und Bücher zu regionalen Themen. Als Dozentin für Kreatives Schreiben vermittelt sie in Workshops die Freude am Schreiben. Sie ist Mitglied im »Syndikat«, der Vereinigung deutschsprachiger Krimiautoren, und Mitgründerin der Wiesbadener Autorengruppe »Dostojewskis Erben«. www.susanne-kronenberg.de.

Richard Lifka, geb. 1955 in Wiesbaden, studierte Germanistik und Soziologie in Frankfurt am Main. Von 1983 bis 1989 war er Dozent für Literaturwissenschaft und deutsche Kulturgeschichte an der Universität Iasi in Rumänien. Seit 1990 arbeitet er als freier Autor und Journalist. Außerdem schreibt er Kriminalromane, Erzählungen und Kurzkrimis. Wenn er zusammen mit seinem Co-Autor Joachim Biehl schreibt, nennt er sich manchmal Elka Vrowenstein. www.lifka.de

Peter Luyendyk ist Niederländer. Mit knapp fünf entdeckte er die Buchstaben. Dabei stellte er fest, dass Buchstaben Wörter und Wörter Geschichten ergeben. Daraufhin musste seine Großmutter ihm kurzerhand das Lesen beibringen. Nach seiner Ausbildung arbeitete er zunächst als Foto-Journalist in England und Frankreich. Später ging er nach Deutschland und wechselte dort in den Vertrieb eines internationalen Unternehmens, bevor er den Sprung in die Selbstständigkeit wagte. Angeregt durch Erfahrungen und Erlebnisse auf seinen zahlreichen beruflichen und privaten Reisen rund um den Globus, begann Peter Luyendyk zu schreiben.

Alexander Pfeiffer, geb. 1971 in Wiesbaden, ist Schriftsteller, Literaturveranstalter, Moderator und Leiter von Schreibwerkstätten. Neben zwei Bänden mit Kurzgeschichten und vier Gedichtbänden veröffentlichte er bislang vier Kriminalromane. Für den Kurzkrimi »Auf deine Lider senk ich Schlummer« erhielt er 2014 den Friedrich-Glauser-Preis. Für den Wiesbadener Kurier präsentiert er die monatliche Videokolumne »Pfeiffers Kultur Kiosk«. Im September 2022 erscheint sein neuer Erzählungsband »Mitternachtssymphonie«. www.alexanderpfeiffer.de

Anaïd Rahim wurde im letzten Jahrhundert in Nordrhein-Westfalen geboren. Sie schreibt kleine Gedichte und Geschichten, seit sie ein kleines Mädchen ist. Etwas später kam sie nach Mainz, um dort romanische Sprachen und allgemeine und vergleichende Literaturwissenschaft zu studieren. Heute arbeitet sie für den größten europäischen Fernsehsender und schreibt am allerliebsten Kurz-Krimis für die Anthologien der Autorengruppe »Dostojewskis Erben«, bei denen sie Mitglied ist. »Kommissar Krüger ermittelt« ist ihre neueste Schöpfung.

Marga Rodmann, geb. 1968 in Bonn, studierte BWL in Ravensburg und Landschaftsplanung/Naturschutz in Erfurt. Seit vielen Jahren arbeitet sie in der beruflichen Rehabilitation psychisch Kranker. Sie lebt mit ihrem Mann in Idstein und schreibt Kurzgeschichten, von denen einige in verschiedenen Anthologien erschienen sind. Außerdem hat sie zwei Romane veröffentlicht: »Sunny & Einauge – eine Wolfsgeschichte« (2019) und »Slavkos Reise – eine Wolfsgeschichte« (2021).

Ute Schusterreiter, geb. in Köln, studierte Kunstgeschichte, Neuere Deutsche Literatur und Italienisch in Marburg und Berlin. Seit vielen Jahren schreibt sie Kurzgeschichten, die in diversen Anthologien veröffentlicht wurden. 2020 veröffentlichte sie ihren ersten Roman »Die Nacht der Chimären«.

Petra Spielberg, geb. 1966, studierte Kommunikationswissenschaften, romanische Sprachwissenschaften und Politikwissenschaften in Münster. Nach dem Studium arbeitete sie zunächst als fest angestellte Redakteurin, später als freie Korrespondentin für gesundheits- und wirtschaftspolitische Fachverlage in Köln, Wiesbaden und Brüssel. Seit 2011 lebt sie in der Nähe von Wiesbaden.

Stefanie Tettenborn ist Sängerin, Stimmbildnerin und Moderatorin. Nach Jahren der musikalischen Entfaltung hat sie zu ihren Wurzeln in den Geisteswissenschaften zurückgefunden, denn einst waren Literatur- und Sprachwissenschaften ihre Leidenschaft. Als professionelle Redenschreiberin hat sie diebische Freude am Fabulieren im kriminalistischen Genre entdeckt und wandelt so auf den Spuren ihrer Vorbilder von einst.

Dietmar Thate, geb. 1957 in Rheine, arbeitete nach seinem Germanistikstudium viele Jahre als Journalist und PR-Mann. Seinen Spaß an Krimis lebt er als Autor von Kurzgeschichten aus, die in verschiedenen Anthologien veröffentlicht wurden. Er wohnt mit seiner Frau in Frankfurt am Main.

Belinda Vogt studierte Publizistik in Mainz und begann als Drehbuchautorin und Regisseurin für Industriefilme. Danach arbeitete sie als Redakteurin bei SAT.1 und später beim ZDF. Im Duo mit der Autorin Uli Aechtner schrieb sie die Krimis »Frauenschwimmen« und »Keltenzorn« (beide im Emons-Verlag). Mit ihren Kurzgeschichten war sie zweimal für den Agatha-Christie-Krimipreis nominiert, weitere folgten in zahlreichen Anthologien. 2019 erschien bei Emons ihr Roman »Toskanische Täuschung«. www.belinda-vogt.de

Thorsten Weiß wurde geboren, als Jean-Paul Sartre den Nobelpreis für Literatur ablehnt und die SPD Willy Brandt zum Vorsitzenden wählt. 1964 - das Babyboomer-Jahr. Nach Kindheit, Schule und Studium in Hamburg folgt eine Odyssee durch sechs Städte in vier Bundesländern. Wieder sesshaft geworden, lebt er heute als friedfertigster Kriminalschriftsteller der Welt in Frankfurt am Main und schreibt über den Drogenmissbrauch im Weihnachtsgottesdienst oder die Sachbeschädigung an einem Mandelbrenner. »WasserFälle« ist seine erste Arbeit als Herausgeber.

Fenna Williams studierte Kreatives fiktionales und nicht-fiktionales Schreiben in Seattle und Cambridge und schreibt seitdem Drehbücher, Reiseessays, Kurzgeschichten und Romane. Unter dem Namen Auerbach & Auerbach führt sie die bekannte Krimiserie um die Haushüterin Pippa Bolle weiter. Sie coacht mit Hingabe andere Schreibende und genießt die Herausgabe von Anthologien. Fenna liebt einsame Inseln aller Längen- und Breitengrade, auf denen und über die sie schreibt. Sie pflegt dabei vier Passionen: Schreiben, Shakespeare, Single Malt Whisky und den Wunsch, diese Dinge immer wieder neu zu verbinden. www.Fenna-Williams.com

ÜBER DOSTOJEWSKIS ERBEN

»Dostojewskis Erben« nennen sich - augenzwinkernd - Autorinnen und Autoren aus Wiesbaden und Rhein-Main, die sich regelmäßig im Literaturhaus Villa Clementine zusammenfinden, um über das Schreiben zu diskutieren und sich untereinander auszutauschen. Dabei entstehen auch gemeinsame Projekte wie die hier vorliegende Anthologie. Die Treffen finden monatlich statt.

Zur Unterstützung der Autorengruppe bei Veranstaltungen und Publikationen gründete sich Anfang 2022 der Verein Dostojewskis Erben e.V.

Kontakt: Susanne Kronenberg (mail@susanne-kronenberg.de). www.dostojewskiserben.de

DANKSAGUNG

An dieser Stelle möchten wir uns ganz herzlich bei allen Autorinnen und Autoren dieses Buches bedanken. Nur durch ihre Fantasie, ihr kriminelles Gespür, ihren Humor und nicht zuletzt ihren Gemeinschaftssinn ist eine äußerst abwechslungsreiche Sammlung von Kurzkrimis rund um das Thema Wasser zustande gekommen.

Unser besonderer Dank geht an Susanne Kronenberg, die mit ihrer Geduld, ihrer akribischen Detailarbeit und ihrem Sinn für Struktur und Ästhetik alles dafür getan hat, dass »WasserFälle« nun in dieser ansprechenden Form vorliegt.

Wir danken allen Beteiligten und freuen uns auf weitere gemeinsame Projekte.

Wiesbaden, im September 2022
Belinda Vogt und Thorsten Weiß (Herausgeber)

CPSIA information can be obtained
at www.ICGtesting.com
Printed in the USA
LVHW110917211022
731219LV00005B/541